スキサケ!

問乃みさき

河出書房新社

スキサケ！

contents

第1楽章　ハラスメント相談室、新設します。

出社した。と同時に敵が現れた！　位置はぴったり〇《れい》時の方角、つまりは僕の真正面。敵との距離は目測三十五メートル。その間、脇に逸《そ》れる場所など何もない、完全な一本道だ。

絶望的な状況に、僕はすぐさま踵《きびす》を返した。白旗あげて退散だ。忘れ物でもしたかのように、元来た廊下を早足で引き返す。

突き当たりのエレベーターホールに無人のハコが開いていた。駆け出して、中へ逃げ込む。

閉《クローズ》ボタンを連打してると、真っすぐこちらへやって来る敵の姿が目に入った。まずい、ここに入り込まれたら——考えただけでぐらり、足元が揺らぐような感覚に襲われた。

早く！　早くここから逃げないと！　脳内で、激しくサイレンが鳴っている。

敵と視線が繋がった。大きく跳ねた心臓が、小さな部屋にその音を響かせる。

目を逸らすんだ、今すぐに！

脳という名の司令官が発した命令に、僕の体は従ってはくれなかった。金縛りにでもあったみたいに、指先ひとつ動かせない。

敵がこちらへ向かって来る。その足が速度を上げた。もうダメだ……！

と思った瞬間、視界から敵が消えた。凍ったままの僕に代わって視線の接続を断ち切ってくれたのは、ようやく閉じてくれたエレベーターのドアだった。震えてる手で終点階《フロア》のボタンを押した。ハコが大きくガクンと揺れる。そうして年代物の昇降機は、まるで眠りに落ちるみたいに、ゆっくり下へと降り始めた。

「助かった……」

無事を確認するように声にした言葉とともに、安堵の息を吐き出した。月曜の朝だというのに、すでにぐったり疲れ果てている。

そんな僕の頭ん中のスクリーンに、さっき視線が合ったときの敵の姿が映し出された。見る間に熱くなる顔を、ブンブン振って、僕の許可なく始まった上映会の強制終了を試みる。けど虚しくも、スクリーンに映る敵の顔がめいっぱいズームアップされただけだった。僕の脳は完全にバグっている。

敵の名は山田美咲《やまだみさき》。半年前にこの会社に突如として現れた、派遣社員の山田さん、二十九歳だ。

「山田さん、今日も可愛かったな」

心の声が漏れ出た瞬間、ふと感じた視線にゾクッとして顔を上げた。と、さっきとは違う視線と目が合った。エレベーターの天井隅に設置された監視カメラだ。

「鏑矢《かぶらや》め……」

僕が敵と遭遇し、慌てふためき逃げ出す様を、きっとアイツはあの部屋で全て見てたに違いない。監視カメラのレンズの向こうに、いるだろうはずの男を睨む。

行先変更！　Ｂ３と書かれたボタンを押すと、僕は急いでチノパンの尻のポケットに手を伸ばし、スマホを二度寝から叩き起こした。出社時間を後に変更するためだ。

社内連絡用アプリに表示された、出社予定時刻４パターン。それをひとつ遅らせるだけの簡単なその作業を、終えたところでエレベーターの扉が開く。と同時に何かの音が、するりと耳に飛び込んできた。

セミナーなんかのイベントに使われる大小さまざまな部屋が連なるこの階は、薄暗く、聞こえてくるヘンテコな音以外、人の気配が何もなかった。目的地へ近づくほどに、音はボリュームを上げていく。

何だっけ、これ。音の聞こえてくる方へ、歩を進めながら顔をしかめる。

「……チャンチキおけさ？」

出てきた答えに首を傾げた。それっぽく聞こえるものの、はっきりそれとは断言できない摩訶《まか》不思議な音楽が、たどり着いたドアの向こうから聞こえてくる。

産業医、鏑矢元《はじめ》。

ドア横のプレートに刻まれた、この部屋の主《ぬし》の名前を一度睨んで扉を開けた。

「あれぇ、杉崎《すぎさき》くん？」

驚いたような顔をして振り返った鏑矢は、右手に白い菜箸に似た細い棒を持っていた。

「朝から一体どうしたの？」

その棒を、阿波踊りよろしく同じ阿呆なら踊らにゃ損々とばかりに一生懸命振っている。

「……何やってんの」

呆れて言うと、鏑矢はパァッと快晴の笑顔を見せた。

「え、杉崎くん、まさかコレ知らないの？」

小さな目を丸くして、むきたて茹で卵みたいな顔を、もぎたて白桃を思わせる淡いピンクに染めている。

「いや……」

言いながら、壁際の大型テレビに目を遣《や》った。前来たときにはなかったやつだ。

「知ってるけど」

鏑矢が振っているのは指揮棒だ。指揮者をめざす若者たちを描いた人気漫画『マエストロ！』の登場人物になりきって、オーケストラを指揮するゲーム『マエストローぜ！』の電子指揮棒《タクト》。ゲームモニターとして導入したのだろうテレビ画面の中では、二次元の演奏家たちがその指揮棒に合わせて演奏中だ。

このゲームのプレイヤーは、まずオーケストラのメンツを揃え、練習を積んだ後にコンサートを開いて指揮をする。その演奏の出来栄えで、新たな演奏家がオーケストラに入れてほしいとやって来たり、もうやってられないとオケのメンバーがみんな逃げてくこともある。いい演奏家はそれだけ報酬も高額で、一流のオーケストラを育てるのはそう簡単なことじゃない。とかくこの世は世知辛く、ゲームの中の世界でも、どうやらそれは同じらしい。

『マエストローぜ！』が発売されたのは一年前。当時はそれほど話題にならなかったものの、プレイヤーたちが自分の指揮したコンサートをゲーム実況やSNSで披露し始めてから一気にブームになった。ここ数カ月は、入手困難な状況がメジャーなネットニュースに上がるほどの人気ぶりだ。

僕は仕事柄、日常的にいろんな分野のヒット商品を広く浅くチェックしている。だから、このゲームのことも当然、発売前から知っていた。カラヤンレベル！なんて評判になったものから爆笑ものの珍演奏まで、話題になった投稿だってけっこう観ている方だと思う。だけど、ここまで下手な、と言うか〝謎な〟演奏は耳にしたことがない。

「じゃなくてさ、何なのこの曲」

呆れて言うと、白衣の指揮者《マエストロ》は再びその顔を輝かせた。

「え、杉崎くん、『歓喜の歌』も知らないの？」

返ってきたその曲名に驚いて、僕は一歩、後ろに引いた。何をどう指揮すれば、『歓喜の歌』を、この『なんちゃってチャンチキおけさ』にアレンジできると言うんだろう。

「いや、『第九』の第４楽章なら知ってるけど」

僕はわざと、こっちの名前で答えてやった。『第九』はベートーヴェンの交響曲第９番。その第４楽章の『歓喜の歌』の大合唱は、この国の年末《くれ》の風物詩にもなっている。

「じゃあ、これは知ってる？」

指揮棒を激しく振り続けて上がった息で、鏑矢はフーフー言いながら、さらなるウンチクを披露し始めた。

「楽聖なんて、呼ばれているけど、ベートーヴェンは、人付き合いが、すっごく、苦手、だったんだ。新しい女中に、腹を立てて、生卵を、投げつけたりして、使用人を、数週間で、クビにしたり、逃げられたりを、繰り返して、周囲の誰とも、うまく、やって、いけなかった」

小学校の音楽室に飾られていた、あの寝起きのような髪の肖像画を思い出した。

『歓喜の歌』は、そんな、彼が、人間の歓《よろこ》びとはつまり、人と人との、繋がりの中にあるのだと、表現した、ものなんだ。交響曲に、合唱を取り入れる、という、斬新な試みも、皆で、心を、ひとつにする、人間社会の、理想を、表そうとした、その中で、生まれたもの、なんじゃないか、な」

ベートーヴェンを友達みたいに「彼」と呼び、鏑矢は指揮棒を振りながら、なんと歌まで歌い始めた。だけど年の瀬になると耳にする、あのドイツ語の響きじゃない。訳詞なのか、それとも鏑矢のデタラメか。分からないけど、初めて耳にする日本語の歌詞だった。

心の友を得られし者よ
優しき伴侶を得られし者よ
歓びの歌を共に歌おう
人の歓びを共に歌おう
できぬ者は集いから立ち去るがいい
集えよ　歌えよ　歓びの歌

さあ共に歌おうとばかりに、鏑矢が部屋の入口に立つ僕に指揮棒の先を向けてきた。

二十畳ほどのこの部屋の壁や天井にはなぜか、白い雲が浮かぶきれいな青空が描かれていて、よく見るとあちらこちらに可愛い天使が飛んでいる。まるでヨーロッパのどこかの国の教会だ。

そんな地下三階の天上で天使たちを従え指揮棒を振る鏑矢に、やはり子供の頃に抱《いだ》いたあの思いは正しかったと確信した。

鏑矢元は人間じゃあ、ない。

鏑矢元は、神なのだ。

めちゃくちゃな指揮で人間を踊らせ、その可笑《おか》しなダンスを愉《たの》しんでいる邪悪な神！

「で、杉崎くんの用は何？」

邪神の問いに、間髪入れず僕は答える。

「見てたんだろ」

と視線を、テレビがあるのとは反対側の壁際に置かれたデスクに移す。

アンティークショップの閉店セールで手に入れたと言う木製のデスクには、近未来感が漂う最新型のパソコンが据えられていて、そのモニター画面には大小さまざまなサイズの映像が並んでいた。社内のあちこちに設置されている監視カメラの映像だ。

この会社の常勤産業医に着任する際、鏑矢は「監視カメラの映像を常に見られるようにしてください。音声も聞けるよう、必ず集音マイク付きで。映像と音をリアルタイムで視聴できると理想的です」などと条件を出したそうだ。そして、その理由をこんな風に語ったらしい。

人間というのは、人の間と書きますね。それは、人間、とりわけ日本人が最も大事にしているものが、人と人との間、つまり関係性だと感じている証拠ではないでしょうか。

職場環境を人の視点とは異なる場所から見つめることで、その人と人との間にあるもの――職場環境の良し悪しや改善点というものが、くっきりと見えてきます。それが、ボクが社内に設置された全監視カメラ映像を常にチェックさせてほしいと求める理由です。

この変態じみた要求を、会社は丸っと受け入れた。鏑矢は、これまで勤務してきた全企業であっと言う間に従業員のメンタルヘルスをV字回復させてきたらしく、そんな敏腕ドクターの言うことならば絶対だと、経営陣は微塵も疑わなかったんだろう。

なんて愚かな！

職場環境改善なんて真っ赤な嘘だ！

鏑矢は、ただ〝観察〟したいだけなのに！

そうだ、あれは小学六年生の、やたらと暑い夏だった。一学期も残りわずかという頃に、僕のクラスに転校生がやってきた。色が白くて、少しぽっちゃりしていて、きのこみたいな変わった髪型をした男の子だ。

転入初日。休み時間がくる度に、クラスの中でも世話好きな子たちが次々と、その転校生に声をかけた。だけど転校生は、つぶらな瞳を驚いたように見開いて相手の顔を見ているだけで、決して口を開かなかった。

二日目、三日目……と日を追うごとに、転校生に話しかける子は減っていった。当然だ。何を言っても、じいっとこっちを見ているだけで、何も答えてくれないのだから。

そうして一学期最後の日になった。もう誰も話しかけてくれなくなった転校生は、子供たちの輪の外で、ずっとみんなを見つめていた。

ちょっと可哀そうかも。なんて思わなかったわけじゃないけど、僕は一度もその子に話しかけたりしなかった。

小学生のガキだって、十二年も生きていればパッと見だけで馬が合うか合わないか、それくらいの勘は働く。その転校生とは絶ッ対に、気が合いそうには思えなかった。その頃の僕は、他の多くの子たちと同じようにサッカーとか野球とか外で遊ぶのが大好きで、転校生はいかにもインドアでおとなしそうな子に見えた。だから下手に話しかけて、お荷物を背負《しょ》いたくなかった。なのに、夏休みの最後の日。僕は、その転校生と言葉を交わした唯一の生徒になった。いや、なってしまった。

夏休み一日目。少年サッカーチームの一員だった僕は、転がってったボールを追ってるその途中で、グラウンドを囲む林の中にあの転校生の姿を見つけた。木の陰から顔を出して、じっとこちらに目を見開いている。

わ、アイツだ。

関わりたくないと思う僕の心を知ってか知らずか、ボールは真っすぐに、転校生のいる方へと転がって行く。そして、まさに転校生のすぐ前で、ボールはぴたりと静止した。

僕もまた、ボールと一緒に足を止めた。普通はみんな、自分のすぐ前にボールが転がってきたならば、それを拾って投げ返す。なかにはボールを蹴って返し、ドヤ顔をする人もいる。だから僕は、その子がボールをこっちへ返してくるのを待った。

だけど転校生は、じっと僕を見ているだけで、ボールを見ようともしなかった。

「ボール、取ってくれる？」

じっと見合っているこの状態も、すぐ近くまで行って無言のままにボールを取って無言で去るのも、なんだか気まずいような気がして、僕は頼んだ。

転校生はビックリしたように目を丸くして、キョロキョロと周りを見回した後、ボールを手にどうしたものかと少しの間考えてから、そうっとこっちに転がした。

それは僕のところまで届かず、結局、僕は転校生の近くまでボールを取りに行かなくてはならなかった。

「ありがとう」

僕の、と言うよりボールの帰りを待ってるだろう仲間の元へ、大きく蹴ってボールを届けたその後で、転校生にお礼を言った。転校生は、もうこれ以上は無理というくらいに見開いた目で僕を見て、やっぱり口は開かなかった。

次の日も、その次の日も同じように、転校生は木の陰に隠れてこっちを見ていた。だけどその居場所は少しずつ、コートの方へと近づいていた。

そして、僕の体がきっちり練習着のカタチに日焼けした、八月半ばのある日のこと。再びコートの外に飛び出したボールはグラウンドの端へ端へと転がって行き、また転校生の近くでぴたり止まった。

するると、なんと転校生は、僕が頼む前にボールを取って、こちらへ寄越《よこ》そうと転がす構えを見せた。

「ねえ」

転校生がボールを放す前に言っていた。つい出てしまった、というより、僕は自分の前にいるその子ではなく、むしろ何て言うか、遠く背後にいる仲間たちに向けて、その言葉を言っていたように思う。

誰にも心を開かない転校生の、その固く閉じた鉄の扉を、みんなの前で見事に開けてみせたかった。なぜなら僕は、チームの副キャプテンだったから。

同じクラスで委員長で、このシャイな転校生に真っ先に声をかけ、一人、また一人とクラスの世話好きな子たちが次々に転校生とコミュニケーションを取ることを諦めていくなかで、一番最後まで声をかけ続けていたのが、副が付かないキャプテンの優斗《ゆうと》だった。僕は気づいてない振りをしながら本当はずっと、その様子を視界の中に認めていた。

優斗にできなかったことを、僕はやってみせたかった。だから、転校生に声をかけた。

「一緒にやろうよ」

転校生は僕の言葉に首を振り、また木の陰に隠れてしまった。転校生の手からこぼれたボールがゆっくりと、僕の足元までやって来る。

「ありがとう」

言いながら、僕は絶対に、この開かずの扉を開いてみせると決めていた。

そして次の日も、その次の日も、ボールが転がって行く度に、僕は「一緒にやろう」と転校生に声をかけた。

そうして夏休み最後の日。ボールは一度も転校生の方へは転がってくることはなかったけれど、それでも僕は練習の合間の休憩時間に一人、転校生が体を半分隠している木のある方へ進んで行った。

「一緒にやろうよ」

今までは、僕は砂の地面のグラウンドから出ることはなく、転校生は林の中から出てくることはなかったけれど、この日は違った。僕は初めてグラウンドと林の境界線を越えて、互いが伸ばせばその手を繋ぐことができるところまで歩いて行ったのだ。

転校生は、やっぱり目を見開いて僕のことを見ていたけれど、よく見ると、目の前の小さな瞳は波紋を描く水面《みなも》みたいに揺れていた。転校生の心は今、揺れている。僕はそう確信した。このさざ波を起こした風は、きっと、この僕。

「行こう」

手を差し出した。見つめる先の小さな水面は、さらに大きく波紋を描いた。今だ！　僕は一歩踏み込んで転校生の手を取った。

その瞬間、目の前で何かが爆発した。

「ジャマヲシナイデ！」

その音に、弾かれたように手を離した。何が起こったのか、すぐには理解できなかった。呆然とする僕の頭上でジィジィと、アブラゼミが鳴き出した。それはすぐに、独唱《ソロ》から大合唱へと変化した。そこでようやく、今起きた爆発が何だったのか、その正体に気がついた。目の前の転校生が、キンと甲高い早口で「邪魔をしないで！」と叫んだのだ。

「……え？」

訳が分からなくて困惑した。だって、転校生は毎日ここへやって来て、ただ僕らの練習をじっと見ているだけだった。ここで何か別のことを、例えばスケッチブックを広げて絵を描いていたとか、夏休みの自由研究で昆虫採集をしていたとかなら分かる。けど何もせずに、しかも仲間に入れてほしそうに、ずっとこっちを見ていた子に声をかけて邪魔するなって、一体何なんだよ！

「邪魔って何？　僕が何の邪魔をしたって言うの？」

うろたえる声で訊いた。するとまた転校生は、遥か宇宙から響いてくるようなキンとした声を発した。

「カンサツダヨ、カンサツ！」

そして転校生は、驚くほどの早口で、自分が続けてきた〝観察記録〟を発表し始めた。それはチームのメンバー全員の性格や関係性、その行動の裏に隠された本心の数々で、驚くほど核心のど真ん中を突きまくっていた。

そして最後に転校生は、この僕の観察記録を披露した。

目の前で、僕の心が丸裸にされていく。

ドーン！！！

心の内の全てを言い当てられてしまった僕は、『笑ゥせぇるすまん』の主人公が放つあの呪文砲を受けたみたいに、その場に腰を抜かしてしまった。

直後の記憶は、なぜか無い。潜在意識上《クラウド》のどこかには残ってるかもしれないけど、そのデータをダウンロードするのは、なんか怖い。

気づくと僕は優斗たちチームの仲間数人に心配されながら、監督が運転するくたびれたハイエースで家に送り届けられているところだった。炎天下での練習で熱中症を起こしたのだろうと、僕の親に何度も何度も頭を下げていた監督の日に焼けた顔はよく覚えている。

転校生は、いつの間にか消えていた。優斗たちに訊いても、仲間が僕の様子を見に来たときにはもう、あの子の姿はなかったらしい。

この日から、僕は転校生を、人間ではなく神様なのだと思うようになった。愚かな人間たちを天上から見下ろすだけじゃ飽き足らず、わざわざ地上に降りて来て、人間の愚かさを「何て可愛らしい生き物だ」と眺めている意地の悪い神様だ。

その神様は、それから間もなく、僕の前からいなくなった。ある日突然、何の前触れもなく、またどこかへ転校していったのだ。僕は心の底からホッとした。

なのにその転校生は、二十年の時を経て、また僕の前に現れた。ランドセルを背負った小学生から、白衣を纏った産業医に姿を変えて。

僕が働く会社を含むグループ全社の専属産業医として、鏑矢がこのビルに赴任してきたのは三年ほど前のことだった。社内ポータルのお知らせで名前を見て、僕はすぐにあの転校生だと気がついた。

それからは、産業医の世話にならなくて済むように、ストレスチェックにはそれはもう細心の注意を払ってきた。何をどう答えたら引っかかってしまうのか。ググりにググって調べ上げた模範回答で、ストレスチェックの網を何度も潜り抜けてきた。

なのに！　なぜか一カ月ほど前、ついにそれが届いてしまった。鏑矢からの招待状だ。

あの転校生が教室からいなくなった後、実はあの子はＩＱ二百二十超の天才なのだと噂を聞いた。それに、鏑矢の専門は精神科だと赴任の際の紹介文には書いてあった。なら、世界の大学ランキング上位の医大の教授にだってなれそうだし、趣味の〝観察〟は精神科クリニックを開業するとかでも続けられるはず。何なら、巨大な集金システムの頂点に立つ教祖様にだって簡単になれそうだ。

なのに、どうして産業医なんて地味な仕事……って言うか、何でまた、よりによって僕のところにまた現れたりするんだよ！

再会の日、僕は心でそう叫びつつも冷静に、そうだ極めて穏やかに、開業医とかでなく産業医を選んだのはなぜか、その理由を訊ねた。すると、そんなことも分からないの？と言わんばかりの顔で、鏑矢はこう答えたのだ。

「精神科のクリニックは自覚がある患者しか来ないだろう？」

頭の中の翻訳機は神の言葉をこう訳し、僕は思わずブルルと震えた。

「自覚がある人間より、無自覚な人間の行動の方が、眺めていて楽しいだろう?」

そんな悪夢の再会の日、鏑矢は僕に二十年ぶりのドーン!を放ってきた。

「杉崎くん。今日呼ばれた理由、分かってる?」

鏑矢は僕が産業医室《ここ》に呼ばれた理由を訊いてきた。

「ストレスチェックに引っかかったからだろ」

産業医との面談に呼ばれる理由なんてひとつしかない。なのに鏑矢は、イエスともノーとも言わず、

「まずは好きな椅子を選んで」

と、壁際に並んでいるさまざまな形の椅子たちに、むっちりとした指先を向けた。

アームが付いてて脚はロッキングタイプになっている赤いイームズシェルチェアに、レトロとも近未来的とも感じられるヤコブセンのエッグチェア、逆さにしたV字の脚の見た目からコンパスチェアと呼ばれているリザルトチェア……と、並んでいる椅子はほとんどが、インテリアの特集記事で目にしたことがあるものだ。

「リラックスして話してもらいたくてね」

鏑矢はそう言ったけれど、僕にはそれが、選んだ椅子で精神状況が丸分かりになるといった、何かの心理テストに思われてならなかった。

一体どれが正解なのか、考えるほどに分からなくなる。結局、僕は考えるのに疲れ果て、背も

たれのないシンプルな木製スツールを鏑矢のデスクの前に持って行った。クリニックで医師の診断を聞くみたいにして神と向き合う。

緊張する僕に鏑矢は、一度泣きそうな微笑みを見せてから切り出した。

「杉崎くん。キミはこのままじゃ、業務に支障をきたすレベルで病んでいる」

え? のカタチに口が開いたまま固まってしまった僕に、鏑矢はまた微笑んで、キーボードの上で白い無添加ウィンナーみたいな十本の指を踊らせた。そのタップダンスが終わると同時に、デスクの上に置かれたパソコンモニターにいくつもの画像が映し出される。

一瞬、それが何なのか、理解するのに時間がかかった。でもよくよく見てみると、それらは全て監視カメラが捉えたものだろうこのビルの社内風景で、どの画像にも漏れなく僕が映り込んでいた。

十本のウィンナーがまた、キーボードの舞台の上で短く踊った。画像の中の人物たちが一斉に動き始める。

「うわぁぁッ!」

それらの動画の共通点に、鏑矢の言わんとしているそのことに、気づいた瞬間、叫んでいた。

動画は全て、主演が僕で、どれも同じ共演者の姿が映っている。そしてどの映像も、異なる撮影日、異なるロケーションでありながら、似たような場面が切り取られていた。社内で、ある人物に遭遇あるいは接近した僕が、その人から急いで離れようと不自然に行先を変更したり、その場を慌てて立ち去るといったシーンばかりだ。

「杉崎くん。キミは明らかに、彼女のことを避けているね」

鏑矢の指摘はすでに自覚していた。そして、こんな行動を繰り返す自分自身に戸惑っていた。

「一体何なんだよ、これ」

画面の中のたくさんの僕の一人が、泣きそうな声でそう訊《たず》ねている。

その問いに答えるように、鏑矢は産業医の顔をして診断結果を告知した。

「スキサケです。杉崎くん、キミはスキサケを発症しています」

……え？

僕はおかしな方向に首を傾《かし》げた。頭の中の中央通りを、目と鼻の穴と口だけ開《あ》いてるつるんとしたゴムマスクを被った男と、でかいマスクに真っ赤なエナメルコートの妖しい女が横切って行く。そんな僕の頭の中まで全てお見通しの邪神が言った。

「スケキヨでも口裂け女でもないよ。古いなあ、杉崎くん」

条件反射で、チノパンの尻ポケットに突っ込んだスマートフォンに手を伸ばす。仕事柄……になる以前、初めてケータイを買ってもらった高一の頃からずっと、僕は何でもすぐに検索に頼りがちだ。スキサケと検索ボックスに打ち込んで、虫眼鏡のアイコンをタップする。


彼のこの態度はスキサケですか？　ついついスキサケな態度を取ってしまいます　スキサケを克服したいですが何かいい方法はありませんか？　これってスキサケ？キライサケ？　あいつスキサケしてやんのＷＷＷ《わらわらわら》　スキサケ男子の落とし方　大好きな彼の冷たい態度、スキ

サケだと信じたい　スキサケスキサケスキサケスキサケケケケケケケ……

広大なネットの海には、スキサケがいっぱい漂っていた。

「スキサケは恋に落ちた人間、主に男性が発症する、その人を好きすぎるあまり、脳が相手を強大な〝敵〟と認識し、相手との接触を避けようとしてしまうという、なかなかやっかいな症状だよ。好きな気持ちが高まりすぎて、好きという気持ちがあふれてしまって、脳がそれを抱えきれなくなっている状態だね」

ネットの海で溺れそうな僕に救いの手を差し出すように、鏑矢が答えをまとめた。

「脳が、相手を、敵と、認識……」

二十年ぶりの再会からわずか五分後、鏑矢はハッキリとこう宣告した。

「もう一度言うね、杉崎くん。ずばりキミは、スキサケを発症しています」

ドーン！！！！！！

二十年前のあの日のようなキンと高い声ではなかったけれど、威力はあの日よりも倍増した呪文砲に圧《お》されるように、僕はスツールごと、後ろにブッ倒れた。

鏑矢が言う敵の名はハケンの山田さん。半年前に派遣社員としてこの会社にやって来た校正さんだ。鏑矢はもう何カ月にもわたって、この部屋のモニターで僕のスキサケを観察してきたのだと言った。

そんな悪夢の再会から一カ月。鏑矢が言うところのスキサケの症状は、良くなるどころかさっきのあれをご覧の通りだ。

「見てたんだろ」

電子指揮棒《タクト》でオーケストラを指揮し続けている白衣の邪神《かみ》を睨む。

「心の友を得られし者よ〜、優しき伴侶を得られし者よ〜、症状なかなか良くならな〜いね〜」

頬がピクピク引きつった。ほうら、やっぱり見てたんじゃないか。恥ずかしさと怒りとで、瞬時に顔が熱くなる。

一言文句を言ってやろうと勢いでやって来たけれど、ここへ来たって無駄だった。ぐったりが増し増しになるだけだ。僕は自分の選択ミスを猛省した。こんなところで時間とエネルギーを浪費してないで、とっとと出勤して仕事に励もう、うん。

と、足を踏み出したときだった。モニター画面の片隅に映る、山田さんの姿が目に留まった。

長い廊下の途中で立ち止まり、じっと壁を見つめている。その視線の先に何があるのか、映像を分割画面から切り替えて大映しで確かめなくても、僕は答えを知っていた。

「ハラスメント相談室、新設します。」と書かれた告知ポスターだ。

思わずモニターの外枠を摑んでいた。その手にぐっと力がこもる。もしかしたら、あの話は本当かもしれない。先週、聞いたばかりの話を思い出し、胸がぐっと苦しくなった。

その噂は、打ち合わせブースで偶然、耳にした。会議室を利用するまでもない小規模な打ち合わせ用にとオフィスの片隅に設けられたスペースで、パーテーションを挟んだだけのお隣りさんから途切れ途切れ、こんな話が聞こえてきたのだ。

就業からまだ半年くらいしか経っていないというのに、山田さんが派遣元の担当者に、次の契約更新、少し考えさせてほしいと言ってきたというものだ。派遣社員のほとんどは、できるだけ長くひとつの会社で働きたいと希望する。なのに、こんなに早く契約を終えたいと言い出すのって――

「なあ、鏑矢……いや、鏑矢先生」

僕は初めて、鏑矢を先生と呼んだ。その先生はいつの間にか、指揮棒を振る手を止めて僕のすぐ後ろに立っていた。

「入ったばかりの派遣社員が契約を打ち切りたいと言い出す。それにはどういう理由が多いのか？　とキミは訊きたいんだね」

慈悲深い神のような顔をして、鏑矢が僕に訊ねる。やっぱり何でもお見通しだと内心震え上がったところで、いや、と別の考えが降ってきた。僕はすぐさま、目の前の産業医にそれをぶつけた。

「まさかもう山田さんから何か理由を聞いているのか！」

僕が知る産業医の主な仕事は、従業員のストレスチェックと、メンタルヘルスに何か問題があると思われる人への面談だ。山田さんがここに呼ばれて、何か悩みを話していてもおかしくない。

だけど、鏑矢はゆっくりと首を振った。

「たとえ何かを聞いていたとしても、話すわけにはいかないよ。守秘義務が……」

言ってる途中で鏑矢の言葉が急に途切れた。スライドした視線を追って、アアッと思わずモニター画面に手を伸ばす。

監視カメラの映像の中で、小さな山田さんが見事にすっ転んでいた。もちろん、僕が伸ばした手が彼女に届くはずもなく、モニター画面の中の小さな山田さんは顔面から転倒した後、自力でそそくさと立ち上がった。誰かに見られたりしてないか、恥ずかしそうにキョロキョロ辺りを見回している。

「って、何でそんなところで転ぶかなあ！」

山田さんが転んだ場所は、障害物も何もない、一本道の廊下だった。そんな場所で転んだり、こないだはデスクで食べようとしていたおやつのビスケットをポロリと落として悲しそうな顔してるのを見かけたし、先週はエレベーターの扉に見事に顔だけ挟まれてたし、その前の週は資料室の棚に頭をぶつけて泣きそうな顔をしていた。全部遠目で、彼女の視界の死角から偶然目にしただけでもこれだ。山田さんは何と言うか、そう、いわゆるドジっ子なのだ。

「画面越しなら症状は出ないみたいだね」

その声に首を向けると、鏑矢が僕の背後で医者のような顔をしていた。さっき、僕が咄嗟に手を伸ばし、山田さんを助けようとしたことを言っているんだろう。つまり、スキサケ観察記録だ。くそ。

本音を言えばこのまま、画面越しという安全圏で山田さんを見ていたかった。だけど、また鏑矢に僕の症状についてあれこれ言い出されるのはゴメンだと、スマホで時間を確かめた。

「行かないと」

出勤時間をダシにして退散だ。なのに、「じゃ」と片手を上げて出て行こうとしていた足を、鏑矢の言葉が止めた。

「山田さんはドジっ子で可愛いなぁ。キミはそう思ってるのかもしれないけど――」

僕が振り返るのを待って、鏑矢が一時停止を解除する。

「何もないところで転倒したり、不注意で何かに頭をぶつけたり、食べ物をよくこぼしたり。これらは全部、うつ病の人によく見られる初期症状だよ」

「…………え」

うまく受け止められなかった。「ちょっと待って」を三回繰り返し、頭を抱えた。そうしてようやく僕は、こう訊ねることができた。

「山田さんも……ってこと？」

「その質問には答えられない。守秘義務があるからね」

またも守秘義務の壁だ。

パソコンのモニター画面に山田さんを探した。さっきいたはずの右端のフレームに、もう彼女はいなかった。他のフレームに次々と目を走らせて、僕は必死に山田さんの姿を探す。

こんな風に、山田さんがこの会社からいなくなってしまったら――暗い雲に、僕の心の空がみるみる覆われていく。

スキサケでさえなければ、「最近、元気ないね。どうしたの？　何か悩んでるなら聞くよ？」なんて、力になってあげられるのに。スキサケでさえなければ、同じ会社でなくなったって、何かしらの接点を持つことだってできるかもしれないのに。

だけど、まともに向き合うことすら叶わないこんな身じゃ、山田さんに声をかけて助けるなんてゼッタイ無理だ。山田さんがこの会社からいなくなるのを、ただ遠くから、それもかなり遠くから、見てないフリして見てるしかない。月・火・水・木・金曜日の週五日、同じフロアで働いているという、繋がりとも呼べないくらいの繋がりさえ、消えてしまうというのに。

どうしたらいい。いや、むしろ彼女が早く、僕の目の前から消えてくれた方がいいのかもしれない。そうすれば、この苦しい日々を終わりにできる。もう会えない苦しさだって、時ってやつがいつかは解決してくれるだろう。

僕の脳はこの状況下でもまだ、逃げることばかり考えていた。スキサケにとって、敵が退場してくれたらそれは勝利だ、不戦勝だ、逃げるが勝ちだ！

「……てみたらどうかな？」

鏑矢が言ったとき、モニター画面の中にようやく、山田さんの姿を見つけた。その姿は、四角く切り取られた小さな世界に閉じ込められて、ここから出してと僕に助けを求めているようにも見えた。

「あの話、やっぱり受けてみるべきなんじゃないかな」

僕のすぐ横でモニター画面を覗き込みながら、鏑矢が囁いた。

「そうすればきっと、キミは山田さんを救えるんじゃないのかな」

微笑みをたたえて、鏑矢が頷いてみせた。白衣を纏った邪悪な神が、僕の前に一筋の光の糸を垂らす。

鏑矢が言う「あの話」。

それは、先日、人事部から打診があった「ハラスメント相談室」の相談員就任の話だった。


鏑矢ルームを出た瞬間、ドアの向こうで不協和音のファンファーレが鳴り響いた。世界が歪《ひず》むような音。ベートーヴェンの交響曲第9番第4楽章の始まりだ。

鏑矢に言わせればきっと「〝彼〟は衝突し合う人間同士の関係を、この地獄の不協和音によって表している」ってことになるんだろう。

天井や壁に設置された監視カメラをひとつひとつ数えながら、フェイクではない、本物の空が見える場所に向かう。出勤時刻はエレベーターの中で再度変更し、時差出勤4パターンの中で最も遅い十一時に遅らせた。

鏑矢ルームを出てから、屋上のベンチに座るまでに見つけたカメラは十八個。

皇居のお濠《ほり》沿いに建つ、築六十余年とすでに還暦過ぎのこのビルは、新聞社の本社ビルだからかセキュリティにはけっこう厳しく、至るところに監視カメラが備え付けられている。

地上九階、地下六階。地下フロアには駐車場の他にコンビニや飲食店も入っているものの、地上フロアはほとんどを、この建物の主である新聞社のグループ企業が埋めている。

だけど、新聞の購読者数が減少の一途をたどり、テレビとともにオールドメディアと呼ばれるようになった時代の変化をそのまんま映すみたいに、新聞《かみ》をつくっている人たちの縄張りは年々小さくなっていき、その分、ウェブの陣地はどんどん拡張されている。

僕は十年前、このビルの七階に入る「暮らしと人生のトータルサポートサイト・ピークス」を運営する総合情報サービス企業・株式会社ピークスに就職した。社名やサイト名の正式表記はＰＱｓ《ピークス》。

ＰＱとは元来、人間が人間であるための知性や社会性を司る脳の機能を指していた言葉で、この単語は現在ではもう使われなくなっているものの、ピークスという社名には、人が人間社会で生きていくためのあらゆる情報を提供することで、人の暮らしをサポートしていきたいという企業理念が込められているらしい。

妊娠出産という人生のスタートから、葬儀やお墓情報という人生のゴールまで。暮らしに学びに仕事に医療、恋に美容に娯楽にニュースと、この会社が発信している情報は、およそ人間が生きてく中で必要とする全てのジャンルを漏れなくカバーしているはずだ。

就活は楽だった。一番最初に面接にこぎつけた会社で早々と内定をゲットできたのは、ひとえに僕の名前のおかげと断言してもいいだろう。

僕がこの世に誕生したとき両親は、小金持ちである父方の祖母《ばあ》ちゃんに小さな戸建てを購入する頭金を出してもらう、そのためだけに僕の命名権を差し出した。祖母は大喜びでゲンキンな息子夫婦に現金をドンと出し、初孫の僕に長年の大ファンである俳優の名前をつけた。

杉崎健作《けんさく》。

僕は子供の頃、この名前がそれはもう大嫌いだった。理由はひとつ。だって、いかにも古くない？

こないだ弊社《うち》のネットニュースに載っていた「生まれ年別・赤ちゃんの名前ランキング」では、僕の生まれ年の男の子の名は翔太、拓也、健太がトップスリーで、次に翔とか大樹なんかが続いていた。一字違いなのに現代的な響きを持った健太に、どれだけ憧れ続けたことか！

そんな、長くコンプレックスでしかなかったこの名前に感謝する日が来ようとは。

「健作くんだけに検索は得意だろうね」なんて面接官の笑えない親父ギャグに、「はい、もちろん。健作ですから」とのうのうと返した僕は、その一言で摑んだ内定をもって、きっぱりと就職活動を終わらせた。

同期には、他にも同時期に内定を摑んだヤツが何人かいたけれど、少しでもいいところに就職しようと、みんなギリギリまで就活を続けていた。その中で一人、僕だけが就活をさっさとおしまいにした理由はひとつ。自分と向き合いたくなかったからだ。

就活先の業界を選ぶにも、エントリーシートや面接でよく聞かれる「学生時代に最も打ち込んだこと」を用意するにも、就活は人生でたぶん最も、自分と向き合うことが求められる。僕はそいつに耐えられなかった。

なぜ、自分と向き合うことがそんなにも苦痛なのか。その理由も、たったひとつ。自分について考えるとき、必ず脳裏にあの転校生が現れて、僕の心を素っ裸にした観察記録を高らかに発表し始めるから、だ。

そう、僕の人生は、あの小学六年生の夏休み最後の日に決定づけられたと言っていい。つまりはそう、トラウマってやつだ。

それでも、この会社に入ったのは、少なくとも間違いではなかった。つい最近まではそう思っていた。

進路を考えなくてはならないと思い始めた頃、ふとネットで目にした「近い未来、AIに取って代わられる職業ランキング」の記事を読んで、今は人類にとって、時代の大きな転換点なのだと実感した。だから就活は、これからの時代の波に乗り、軽やかに生きていけそうな仕事ばかりを選んでエントリーした。

この会社を受けたのも、ウェブエディターという仕事なら僕が齢をとるまで滅びることはないだろうと踏んだからだ。スポーツ雑誌や音楽雑誌をよく読んだりしていた僕は、高校に入った頃からなんとなく、編集という仕事に憧れを持っていた。でも、実際の就活を始めるときに、雑誌や書籍なんかの紙媒体は全て迷わず除外した。自分から絶滅危惧種に志願することはない。今もまだ雑誌も小説も、本を読むなら電子より紙の方がしっくりくるし好きだけど、僕は苦労はしたくなかった。

この会社を選んだことに、後悔は特になかった。鏑矢が再び僕の前に現れるまでは！

はあ、とため息を残さず全て吐き出した。それでも憂鬱は、僕の中から出てってはくれなかった。さっき鏑矢に言われた言葉が、さあ早く答えを出せと迫っている。

その答えが落ちているはずもないのに、僕はそれを探すみたいにぐるり周囲を見渡した。ビル正面に見える皇居は、休園日の月曜だからか人の姿は少なかった。校庭ほどの広さがあるこの屋上もまた、プランターの花の手入れをしているおじさん以外、まだ誰もいないようだ。花の植え替え作業をなんとなく眺めていると、おじさんがこちらに気づいて陽に焼けた顔で笑った。

このおじさんは清掃員でも用務員でもなく本当は警備員で、皇居にスマホを向けていると飛んできて注意されるから気を付けて、と入社してすぐに先輩社員に聞かされた。もちろん僕は本当かどうか試したことはないけれど、後輩で一人、すぐに試したヤツがいて、本当だったと言っていた。もしかしたら、このビルのセキュリティが厳しいのは、新聞社の本社ビルというだけでなく、皇居のすぐ傍というロケーションにもよるのかもしれない。分かんないけど。

まだ答えが出ていないけど、もう変更できない出勤時刻が迫っていた。おじさんに曖昧に会釈しながら腰を上げる。

と、シャンと掠れた鈴の音が聞こえた。呼ばれるように音がした方を見ると、屋上の端、皇居側とは反対の奥まった場所に、女の人が立っていた。その人と同じくらいの背丈しかない朱《あか》い祠《ほこら》に手を合わせている。

あんなところに神社なんてあったっけ。ここで十年働いて、天気のいい日の昼休みにはたまにここで食べたりするのに、今日までその存在に全く気づいていなかった。

けど、その前で祈っている端正な横顔の女性のことは知っていた。僕の二年先輩で、半年ほど前に産休に入っていた京野《きょうの》さんだ。最後に見た日には大きくせり出していたお腹が、すとんと平たくなっている。そうか、今日から復帰するのか。

京野さんの唇が何か言っているのをぼんやり見ながら、エレベーターホールへ歩いた。ボタンを押してハコが来るのをぼーっと待つ。なのに、間もなく到着するだろうそれを待つのを中止して、僕は階段を下り始めた。

たどり着いた七階フロアの長い廊下を、職場の入口に向かって歩く。その途中で重たい足を止めた。山田さんが立ち止まってじっと見ていた告知ポスターと向かい合う。

ハラスメント相談室、新設します。

ポスターには写真やイラストはなく、中心に大きくその一文だけが赤い文字で書かれていた。その下には「相談員を募集します。自薦・他薦どちらでも」とあり、人事部の担当者名が小さく添えられている。推薦はメールだけでなく、各フロアのエレベーターホールに設置されたアンケートボックスでも受け付けていて、僕は先週月曜日に人事部に呼ばれ、推薦があったので相談員への就任を検討してくれと言われていた。

返事の期限は一週間後の月曜日の朝、つまり今日まで。

けど、すでに人事部には先週金曜日の退社直前に、辞退したい旨のメールを送っていた。すぐに断らなかったのは、相手が人事部だったからだ。ちゃんと考えて、ちゃんと悩んで、ちゃんと迷ったその末の結論ですよ、というポーズ。本当なら、人事部に呼ばれたその場で断っている。

社内の揉め事に関わるなんて、そんな面倒なことは絶対にやりたくなかった。

僕に入った推薦票はたったの一票。その一票を投じた人は誰なのか。人事部に呼ばれたときに訊いたけど、それが誰かは分からなかった。アンケートボックスに入っていた無記名での推薦だったそうだ。

だけど、僕にはピンときた。絶対にアイツだ。鏑矢に問い質《ただ》したら、自分じゃないとしらばっくれていたけれど、アイツ以外に誰がいる。

鏑矢の指揮棒《タクト》に踊らされてたまるものかと、ポスターの文字に鼻を鳴らした。だけど、その間もずっと、鏑矢が言った言葉が頭の中にループしていた。

あの話、やっぱり受けてみるべきなんじゃないかな。そうすればきっと、キミは山田さんを救えるんじゃないのかな。

何もないところで転倒したり、不注意で何かに頭をぶつけたり、食べ物をよくこぼしたり。これらは全部、うつ病の人によく見られる初期症状だよ。

チノパンの尻ポケットに突っ込んだスマホを出して、画面の時刻を確かめた。

10時58分。

今すぐ自席に着いて、六桁の数字のパスコードを入力し、グループ全社・全従業員の勤怠管理も兼ねている社内ポータルサイトにアクセスしないと遅刻が決定してしまう。

なのに――――

なぜか分からないままに、僕は階段を駆け下りていた。人事部があるフロアに向かって。

いつもより出勤時間を大幅に遅らせたそのせいで、会社で小さな奇跡が起きた。自席で今週中に公開予定の記事をチェックしようとしていたら、モーゼの十戒の映画に出てきた、あの海が割れるトンボロ現象ってやつが目の前で起きたのだ。

と言っても、割れたのは当然だけど海じゃない。

僕の働くピークスは、このビルの三つの階を占めていて、僕の席がある七階のこの部屋だけでも、常に数百人が働いている。

狭い通路を挟んで並ぶいくつもの島。デスクという名の一人当たりの専有敷地《テリトリー》は、都心の手頃なカフェのテーブルよりは少しはマシかといったところで、人口密度がやたらと高い。

入社してからの十年間で、コピー機というものを使ったことなど数えるほどしかないくらい、僕らの仕事はパソコン上でほぼほぼ完結してしまう。だから、何とかこの狭小デスクでやっていけてはいるけれど、狭苦しさは否めない。

会社はこの問題をどうにかしたいと思ってはいるようで、年に一度はレイアウト変更が行われ、その度に荷物をまとめて民族大移動が発生したりしてるけど、何度引っ越しても結果は同じ。体感的には労働環境に大した変化はないというのが現実だ。

そんな風に、常に人がひしめいているだけに、僕の席があるライフ事業部の島との間に三つもの島を挟んだ校正島の島民である山田さんが、仕事中に見えることなど滅多にない。見えたとしても一瞬だけ、幻みたいに人の隙間から小さく見え隠れする程度だ。

それがなぜか今日に限って、視界を遮る人たちが十二時を回るや否や揃いも揃っていなくなり、まるで預言者モーゼが海を割ったというあの奇跡のシーンのように、僕と山田さんを繋ぐ一本の道が現れたのだ。

月曜は早い時間に出社する人が多いから、たぶんこれは単なる偶然に過ぎないことは分かってる。けど、滅多に起きない現象が、今日この日に起きたということが、僕には何か特別な、奇跡のように思われた。

なぜって、今日僕は遅刻した。入社してからの十年間で、遅刻したのは三回目になる。一回目は入社二年目。出勤途中で腹を壊して駅のトイレから出られずの末に。二回目は入社七年目。珍しくアラームに叩き起こされずに目が覚めたと思ったら、なぜかスマホが死んでいて、もう十二時を過ぎていた。

そして今日。すでにメールで伝えてあったハラスメント相談員の就任辞退を、撤回しに行ったせいで僕は七分遅刻した。その直後に起きたこの小さな奇跡に、僕の選択は間違ってなかったのだと言われたような、そんな気がした。

キーボードに手を置いたまま、遠くの島の山田さんをこっそりと盗み見る。山田さんが黒縁《くろぶち》のウェリントンのブリッジを、中指でクイと持ち上げた。眉間に三本、今日も皺を寄せている。

その昭和の町役場のおじさんみたいな黒縁メガネを、山田さんは仕事のときだけ装着する。真っすぐに背を伸ばし、テンプル、いわゆるツルを両手でつまみ、シャキーン！とまるで特撮ヒーローの変身の儀式みたいに、それはもう、力強く装着する。

と、それがスイッチだったと言わんばかりに、猛烈に仕事を始めるのだ。ぽわんとした子供みたいな幼い顔が、途端に鬼のように険しくなって、初めてこれを見たときは、ちょっと引くくらいギョッとした。

入社してきた最初の日だけ、山田さんは暫定的に僕の対面席に座っていて、すぐ目の前でそれをやられたもんだから、僕は午前中ずっと仕事が手につかなかった。

ないわー。

それが彼女の第一印象《ファーストインプレッション》だ。

なのに、僕は山田さんの入社初日の記念すべきランチを、彼女と一緒に食べることになった。ふらっと出掛けた行きつけの中華レストランで、見飽きたランチメニューから何を選ぼうか迷っていると、山田さんの歓迎会ランチ御一行様がやって来て、ちょうど空いていた隣のテーブルに通されてしまったからだ。

御一行様のメンバーは、山田さんの他はたぶん同じ派遣元から来ている部署違いのハケンさん二人と、各事業部からチーフクラスや古株のエディターたち。これは新しい派遣社員が入って来る度に行われる儀式みたいなもので、新人さんがやって来た日の昼休みに会社近くの洒落た店に行ったりするとよく出くわす。ということを、僕はすっかり忘れていた。

今日はここだけは避けるべきだった……。と後悔しても後の祭り。昼休みといえど、互いに見知った顔を無視するわけにもいかないのが会社員というもので、「杉崎くんも一緒にどう？」と先輩社員に誘われれば、断れるはずもなく。僕は山田さんの歓迎会ランチのテーブルに、おしぼりとお冷を持って移動する羽目になってしまった。

大して良くも悪くもない本日の天気の話に、仕事に関するザックリとした話題。それが過ぎると僕らのテーブルは、急にしんと静かになった。そんな空気に耐えかねて、僕は山田さんに話を振った。

「休みの日って何してるんですか」

その瞬間に、全員がギョッとした顔で僕を見た。

「それ訊いちゃダメ！」

驚いて、自分が放出したばかりの言葉を慌てて脳内で振り返った。だけど、何がどう問題なのか全くもって分からない。

「杉崎くん、人事部から届いたパワハラ防止法に関するアレ、見てないの？」

ちょっと前、社内ポータルのお知らせに届いていたのは記憶にあった。だけど、ちょうど担当記事の公開ラッシュでバタついていて、中身は読んでいなかった。ああ、何か見たような……と答える僕に、先輩社員が書類の内容をかいつまんで教えてくれた。

私的なことを訊いてはいけない。趣味嗜好、恋愛関係などは、その私的なことになる。休日に何をしているか。それも私的な質問に含まれるらしい。

絶句した。道理ですぐに会話が途切れてしまうはずだ。僕もそれから深海の貝と化し、歓迎会はそのまま静かに幕を閉じた。

昼休みが終わってデスクに戻ると、山田さんは再びシャキーン！と黒縁メガネで変身し、一心不乱に仕事を始めた。

やっぱり、ないわー。

それが彼女の第二印象《セカンドインプレッション》だ。

ウェブに関わる僕らの仕事は、とにもかくにも目が疲れる。特に校正校閲はそうだという。だからだと思うけど、山田さんは一時間おきにメガネを外し、しばらくポケーッと目を休めてはシャキーン！を繰り返すものだから、その日一日、気が散って気が散って仕方なかった。

なのに――

その夜なぜか、ないわーと思った彼女の姿が頭の中に居座って、僕はなかなか眠れなかった。

そして翌朝、山田さんは僕の敵になっていた。

ちょうどレイアウト変更で、それまで繋がっていた校正校閲室と僕らの島が分離され、席が遠くに離れてくれたから助かったものの、あのまま今も目の前にいたら……そう考えるだけで気を失いそうになる。と思っていたら、山田さんがパソコンのモニター画面から顔を上げてこちらを見た。瞬時に下を向き、視線の接続を回避する。

危なかった。セーフ！と自分に言い聞かせ、山田さんからピントを外しながら、ゆっくりと顔を上げた。だけど、僕の視界の主人公はやっぱり、ピント外れのぼんやり霞んだ彼女だった。

ピンぼけした僕の世界の片隅で、山田さんがため息をつく。心なしか元気もないみたいだ。廊下に立ちつくして、ハラスメント相談室のポスターをじっと見ていた今朝の姿がよみがえった。次いで、あの鏑矢の意味深なセリフも。

山田さんが元気ないのは――次の契約更新を迷っているのは――やっぱり誰かにハラスメントを受けているから？

許せん、誰だ！

胸に怒りが湧いてきた。社内を見回し、山田さんと関わりがある人物を次々とピックアップしていく。けど、容疑者が多すぎて、そう簡単には絞り込めないと途中で気づいた。

山田さんは、校正校閲が担当だ。記事の文章や体裁、内容に間違いや問題点がないかをチェックして、訂正したり、担当編集者に疑問出しをしたりする。

僕は大学時代に半年間、エディター養成スクールに通って少しだけ校正校閲の勉強をしたことがあるけれど、雑誌や書籍、広告なんかの校正は、それはもう一字一句を完璧に、間違いを見落とすなんて、もってのほか！って感じだった。

けど、ここでの校正校閲の仕事というのは、校正よりも校閲中心。何せウェブは即時性が肝心だ。だから、誤字脱字なんて小さな間違いはある程度スルーして、スピーディーに記事をアップしていくのがモットー。校正校閲さんの使命は、例えば差別的だったり不快な表現で炎上してしまうとか、内容に虚偽があり訴訟を起こされてしまうなど、後々大問題になりそうな箇所を見逃さず拾っていくことになる。

とまあ、そんな感じで、山田さんは毎日たくさんの記事を次から次にチェックしている。社会的なニュース記事は社員である校正校閲スタッフが担当すると決まっているけど、その他の記事はランダムに、派遣社員の校正校閲さんたちにも割り振られる。

とすると、このフロアにいるほとんどが山田さんと関わりがあり、ここにいるほぼ全員が容疑者に……いやいや、他の階に席を置くエディターの制作記事も山田さんたち校正校閲室がチェックしているのだから、容疑者はさらに多くなるはずだ。

それに、犯人はエディターとは限らない。むしろ、同じ島の校正校閲の人たちの方が接する機会が多いのだから、まず疑うなら校正島の住人だろう。と考えてすぐに、別の可能性に気がついた。山田さんと犯人との接点が、業務上の繋がりとは別のところにあるとしたら……。例えばハケンの人たちは派遣社員同士、特に同じ派遣元の人と行動を共にしがちだ。

山田さんと同じ派遣会社から来ている人は……と考えたけど、はっきりは分からなかった。社員同士の関係性とか派閥とか、僕はその手のことにはどうにも疎い。特に女子のネットワークは。でもきっとコイツなら、社内の女子全員の相関図まですらすらと書けそうだ。

と思った瞬間、その隣人の声がした。

「先輩、めっちゃ伸びてるじゃないすか」

肘でグイグイ突っついてくる。社内の人口密度が嫌になるのはこういうときだ。

「そっちこそ」

肘で押し返しながら言う。

隣人の与田《よだ》颯太《そうた》は僕の三つ後輩で、出身大学も大学でのサークルも同じ。そのサークル、いわゆる軽音で一度だけだが学祭用のバンドを組んだこともある、ちょっとした腐れ縁みたいなヤツだ。

　与田が言った「伸びてる」とは、ページ・ビュー。ウェブサイトのページやコーナーごとの閲覧数で、通称ＰＶ。閲覧者のブラウザに、サイトのウェブページが一回表示されると一ページ・ビューとカウントされる仕組みで、僕らウェブエディターは、このＰＶを日々意識しながら生きている。

「あ、気づいてくれましたぁ？　ざす！」

　気づいてほしくて声かけてきたくせに、と思ったけれど、面倒だから言わなかった。

　与田は、見た目も言葉も人間も、全てが軽い。コイツのベースは張りぼてか？　段ボールで出来ているのか？　と疑うくらい、ベースの音までなんか軽い。大学時代は毎日違う女子を連れていて、みんな「友達」だと言っていた。そんなんだから、ついたキャッチフレーズが「♪友達百人とデキるかな」。なのに、不思議なことにその友達とモメたり、修羅場ったりのトラブルもなく、みんなとよろしくやっていた。最高にサイテーな男だ。

　けど与田はその軽さを武器にこのところ、連戦連勝を続けている。

　与田の担当は占いや恋愛なんかに関する記事で、ターゲットは主に若い女性層だ。

「先輩。昼まだっすよね。先輩も一緒にどうすか」

　と与田が、女子社員の間で人気のベトナム料理店の名前を挙げてきた。

「あー、遅い出社だったからさ、早めに休憩出ると後半ツラい」

なんてことを言い訳に断っている最中に、就職・転職・バイトといった情報を扱うジョブ事業部の女子三人がやって来て、与田は一緒に出掛けて行った。予想通りだ。

あれ？　今思い出した。あの三人は山田さんと同じ派遣会社から来てる人たちだったかも……しまった！　これは全然好きでもないフォーとか生春巻きとかを美味い美味いと食いながら、山田さんに関する情報収集にせっせと励むべきだった。

なんて後悔したけれど、すぐにこう思い直した。そんな真似して、もしも自分の気持ちがバレたらどうする？　あり得ない、最悪だ。特に、こんなの書いてる男にだけは絶対に知られたくない！　身震いしながら、与田の担当の中でも特に人気が上がってきているページを開く。

マスター与田の恋愛道場。

このタイトルを見る度に、頭の中が真空になっていくのはなぜだろう。カラフルなイラスト文字のタイトルの下には、与田の顔写真&プロフィールが載っていて、ここでの与田の肩書きは、なんと恋愛マスターだ。

ネーミングが『スター・ウォーズ』のマスター・ヨーダのもじりだってのは分かるけど、恋愛達人《マスター》なんて、突き抜けて軽く明るく生きてなきゃ、なかなか名乗れるもんじゃない。

その達人が公開した最新記事のタイトルは、「恋する遺伝子《ジーン》」。遺伝子研究の第一人者である大学教授の先生に取材してまとめたもので、「恋なんてHLA遺伝子によるマッチング」とサブタイトルがついている。

要約すると、人は本能的に、自分とより異なる免疫を持つ相手に惹かれるようにできていて、なぜだか分からないままに強く惹かれてしまう相手がいる場合、この遺伝子によるマッチングサービスシステムが働いている、という内容だ。

この話自体は以前にもどこかで目や耳にしたことがあったし、特別、斬新なネタというわけでもなかった。けど、実際にこのＨＬＡ遺伝子の情報を基にしたマッチングで高い成婚率を叩き出している海外のマッチングサービスを面白おかしく紹介することで目新しさをプラスして、うまく興味を引いていた。

慌てるなかれ、悩み苦しむことなかれ。恋なんて、たかが遺伝子のマッチング。

記事のそんな結びの言葉に、妙に納得させられた。だって、山田なんてありふれた苗字に、彼女が生まれた年の命名最多の名前が組み合わされたフルネーム通り、お世辞にもモデルみたいにスタイルがいいわけでも、女優みたいに美人なわけでも、アイドルみたいに可愛いわけでもない、どこにでもいそうなルックスの彼女が、どうしてこうも自分にとって特別なのか。

その答えが遺伝子のマッチングだとすれば、すとんと腑に落ちるのだ。

結局、人間も動物で、恋なんて、所詮はそんな種の存続に必要な仕組みのひとつに過ぎないのかもしれない。

それでも……と、静かに画面を切り替えた。

それでも僕ら人間は、そのシステムを「恋」と名付け、付随する感情を「切なさ」と呼び、その感情に振り回されながら生きていく。

山田さんの好きなところならいくらでも、一晩中でも言えるけど、山田さんを好きな理由は、たぶんどれも正解じゃない。だって、好きな理由がちゃんと分かっているのなら、それを否定することで彼女を嫌いにもなれるはずだ。

でも、できない。何度やってみても、できなかった。

視界を人が行き交った後、山田さんの姿が見えなくなった。離席していた人たちが、昼休憩を終えて戻って来たのだ。

ふぅ、と肩で息をした。残念な気持ちより、これで平常心を取り戻せるという安堵の方が大きかった。

やりかけの仕事に戻って、何とかワンブロック、目を通す。けど、どうにも先に進めない。リフレッシュを兼ねて、そろそろ飯に出てみるか。と、画面を閉じようとしたとき、新規メールが届いたと通知がひとつ表示されたのに気がついた。

開いて見ると、同期入社の和田《わだ》からメールが届いてた。学科は違っていたけれど、和田も大学がおんなじで、共通の友人が多かったから何度か遊んだことがある。その和田から、今夜空いてないかという誘いだった。珍しい。入社してすぐの飲み会以来だ。

ごめん、と迷うことなく、僕は返信を打ち始めた。同期入社と言っても、和田は同じ会社というわけでなくグループの本丸、新聞社の社員だ。それも、社会部の記者ときている。

入社すぐの頃に会社の近くで飲んだときは、滅びゆくオールドメディアと自分の就職先を自嘲していたけれど、その帰り道に「けど、それでもこの仕事を選んだのはさ、ひとつの時代が終わっていくのを自分の目で見届けたいからなんだよな」なんて、旧江戸城の石垣を見つめていた和田の目は、言いたかないけどカッコよかった。

だから、と言うのも何だけど、和田と会って仕事の話をしたくなかった。チェック中の記事に目を移す。

新宿でおすすめの脱毛クリニック20選！

そのタイトルを半目で見ながら、ビル入口に毎日張り出される新聞紙面を思い出した。今朝のトップニュースは、世間を騒がせている汚職事件の新事実を報じるスクープだった。

あまりの違いに、すぐさまチェック中の記事を閉じる。だけど、現実逃避先のモニター画面に整列しているフォルダたちが、この現実からは逃げられまいと言っていた。

「脱毛」に「ＡＧＡ」といった名前がついたフォルダの群れにぐったりと肩を落とす。

脱毛フォルダには、全国各地のエリア別おすすめ脱毛クリニック〇選、ＶＩＯ脱毛ならここ！といった、部位別おすすめ脱毛クリニックの紹介記事群。ＡＧＡフォルダには、似たような内容の増毛バージョンが詰まっている。

毛を減らしたり、増やしたり……とかく現代人は忙しい。そして目下《もっか》の僕の仕事は、この手の記事の量産だ。企画を立てて、記事の雛形《パターン》を作成し、制作会社に発注して上がってきた記事をチェックした後、公開する。

この仕事で、ちゃんと利益は出している。会社からの評価はまあ、それほど悪くはないはずだ。

それでも、記事として新聞紙面を飾るそれとは、何と言うかスケールが全く違うし、そのスケールの違いはそのまま、それを作ってる人間のスケールみたいに感じてしまうミジンコサイズの僕がいる。

ごめん、悪いけど今日は予定が入ってる。また今度！

和田のメールにそう返した。けど、予定があるのは嘘じゃなかった。そして僕は、二時間前に急遽入ったその予定に、少しばかり緊張していた。

与田が戻ったら入れ替わりで昼に出よう。そう考えて、頭の中から雑念を振り払い、今日中にチェックしないといけない原稿を再び開く。

と突如、雑念を片付けたばかりのその脳内に、緊急事態を報せる警報が鳴り響いた。敵の襲来だ。山田さんが狭い通路を、こちらに向かって歩いて来る。僕の対面席の住人は、チャットでのやり取りだと時間がかかってまどろっこしいと、確認事項があるとすぐ、校正さんに席まで来てもらうのだ。ったく、勘弁してほしい！

僕は与田の帰還を待たず、ロックしてないパソコンのモニター画面もそのままに、慌てふためき昼に出た。戦わずして退却、本日二度目の不戦敗に、がっくりと落ち込みながら。


「あれ？　先輩？」

『ハラスメント相談室』と書かれた文字を、入口に置かれたスタンド式の案内板に確認した直後、後ろで聞き慣れた声がした。ついさっき、「お先ーす」を聞いたばっかの、全ての語尾に⤴マークが付いてる声だ。

「え……お前も？」

振り返ると同時に、指差して訊いた。

今日、人事部にハラスメント相談室の相談員就任辞退を撤回しに行ったとき、十八時半から会議室で第一回目の会合があると告げられた。この場所に現れたということは、まさか与田も相談員をやるつもりか！

「推薦者数ぶっちぎりナンバーワンで選ばれたらしいっす」

与田が暗闇で白く光りそうな歯を見せて笑った。鼻の穴をフンッ！と広げて自慢げだ。

この男がハラスメント相談室の相談員？　そんなバカな、と思ったが、いやいやあり得ると思い直した。何せ、与田は恋愛マスターを自称する男だ。恋だの愛だのを相談したい女子たちが、それはもう絶え間なく、わんさかわんさかやって来るのだ。与田にとっては単なる記事のネタ探し。本気で親身になってくれてるわけでもないのに。

「んじゃ、行きますか」

与田が言って中に入ろうとしたとき、チンとベルの音がした。年代物のエレベーターがドアを開けたときの音だ。続いて走る靴音が、廊下いっぱいに響き渡った。

「間に合った？」

息を切らし、見知った顔の女の人がすぐ前で足を止めた。あれ？と僕の方を見て、少し驚いた顔をする。

「杉崎くんも参加してくれるんだ?」

実力者揃いのエース部署、ニュース事業部の渋谷伊織《しぶやいおり》さんだ。僕が入社した年、アウトドア好きな当時の上司に半ば強引に誘われて行った夏キャンプで、一緒にキャンプ飯を作ったことがある。その頃はニュースじゃなくて、ジョブ事業部で活躍していた。

ニュース事業部に異動になってからも、とにかく仕事ができる人という印象は変わりなく、現在はチーフエディターとしてニュース班を引っ張っている。去年の社長賞を受賞したのはこの人の仕事だった。あれは何の記事だったっけ。

「ええ、まあ。僕なんか無理ですって一度は辞退したんですけど、何て言うか……思うところあって」

渋谷さんが目を細めて頷いた。その顔は、あのキャンプ場で見たのと同じ化粧っけのない素朴な笑顔だったけど、十年という時の流れがそれなりに刻まれていた。渋谷さんは確か僕の五年先輩だったはずだ。

「あ、まずい! 早く入りましょう!」

急に思い出したように慌てふためく渋谷さんに急かされて、会議室のドアを開けた。が、その瞬間に凍りついた。一番奥の上座の席に、人事部の芹沢《せりざわ》部長が座っていた。人事部からも誰か出席するだろうとは思ってたけど、何で部長が。来るとしても今朝話した若い社員か、せいぜい課長と思ってた。さすがのマスター与田もあたふたと、僕と一緒に頭を下げる。

そんな僕を笑って見ているアイツの顔が目に入った。鏑矢だ。部長の隣に陣取っている。会の趣旨から大体予想はしてたけど、やっぱり出たか、邪悪な神め。

鏑矢の目が「ほうら、やっぱり来た来た」と言っていた。見ない振りして入口近くの空いている席に着き、鏑矢の指揮棒に踊らされて来たわけじゃない、自ら決めたことなのだと自分自身に言い聞かせる。

「ここにいる皆さんはご存じかと思いますが」

咳払いひとつと短い挨拶の後、芹沢部長がそう前置きしてハラスメント相談室を新設するに至った経緯を説明するところから、第一回目の会合が始まった。

「2020年6月に、いわゆるパワハラ防止法が施行されて、企業には職場におけるパワハラ防止に努めることが義務付けられました」

部長の言葉に、全員がしっかりと頷いた。僕ももちろん、神妙な顔でそうしてみせたけれど、実はついさっきまで、パワハラ防止法について、かなりザックリとした知識しか持ち合わせていなかった。詳細については、この会合に出るために、昼休憩に出た先でググって頭に叩き込んだばかりだ。たぶん、与田も似たようなもんだろう。

パワハラ防止法は正式には「労働施策の総合的な推進並びに労働者の雇用の安定及び職業生活の充実等に関する法律」とピカソのフルネーム並みに長く、略称は「労働施策総合推進法」。2019年6月に改正されて「改正労働施策総合推進法」と略称もリニューアルされ、改正でパワーハラスメント防止のための雇用管理上の措置が義務付けられたことから、通称「パワハラ防止法」と呼ばれるようになった――とまあ、部長が「いわゆる」という言葉で省略した部分はこんな風な内容だ。

付け加えると、大企業へのパワハラ防止法の適用は2020年6月1日。中小企業を含めた全面施行は2022年4月1日からだった。

「わが社においてはこれまで、そのパワハラ防止の舵取りを全て、私たち人事部が担ってきました。ですが、パワハラを訴える声が何もありませんでしたので、わが社にはパワハラなどないものと……その点においては優良企業であると思ってきました。ですが、人事部という部署の特性ゆえに、問題を抱えている人がそれを訴え出にくいのでは、という社長のご意見もあり……」

芹沢部長はそこで一度言葉を切って、渋谷さんをチラリと見た。その目はどこか、忌々《いまいま》しいとでも言いたげだ。と、そこで思い出した。渋谷さんが社長賞を受賞したのは、大転換期を迎えた労働環境問題について書かれた記事だった。

確か、取り上げた事例の中に、「やっかいな社員だ」とか「トラブルメーカーだ」と人事部に思われては社内評価に関わるのではと、人事部内のハラスメント相談窓口に訴え出ることができず、うつ病を発症するまで我慢してしまった人の例が紹介されていた。

なるほど、今回のハラスメント相談室の新設は、渋谷さんの記事をきっかけに社長が提案したものらしい。と背景が見えたところで、これはマズイところに足を踏み入れてしまったと、どんより気が重くなった。

芹沢部長は社長の案だからと仕方なく受け入れたものの、渋谷さんの記事に人事部の顔を潰されたと思っている。だとしたら、このハラスメント相談室のことも苦々しく感じているに違いない。となると、ここにいるメンバーに対するイメージも、それに引っ張られてダダ下がり……なんてこともあるかもしれない。

と思考を展開させたところで、やっぱり人事部がハラスメント相談窓口を兼ねるのは避けるべきだろうな、という結論にたどり着いた。

人事部に目をつけられるのはゴメンだと、僕が今そう思ったように、会社員なら誰だって似たようなことを考えてしまうはず。ハラスメント相談窓口が人事部の内部にあれば、そういう気持ちがつい過《よ》ぎり、パワハラに悩んでいても会社に助けを求めることをためらう人が出てくるだろう。

「その辺の経緯や問題点は、またあらためて渋谷くんの方から説明してもらうとして。とにかく、わが社ではパワハラに限らず、ハラスメント問題に取り組む部署を人事部から切り離し、独立したチームとして新設することになりました。……が、まあ、こちらとしては協力を惜しむ気持ちはありませんから、いつでも頼ってくる分には構いませんよ」

芹沢部長はそれだけ言うと、席を立った。

「では先生、よろしくお願いします」

と鏑矢に声をかけ、出口へ向かう途中で渋谷さんの肩をポンと叩いて、芹沢部長は出て行った。

威圧感という見えない置き土産が残された部屋の中で、皆がしんと黙り込む。その重苦しい空気を変えたのは、部長の口調を真似てみせた与田の軽い声だった。

「わが社においてはこれまでハラスメント相談など一件もありませんでしたので、わが社にハラスメントはないものと……とか、マジで信じてるんですかね」

新米相談員たちが、みんな一斉に弛緩する。

「オレ、毎日のようにいろいろ聞いてますからね。例えばウーマン事業部のアスカちゃんなんか……」

「ストップ！」

言いかけた与田を渋谷さんが止めた。

「与田くん。ハラスメント相談員に最も大切なことはプライバシーの保護、相談者の秘密を守ること。これは絶対に守らないといけないの。ハラスメントを受けていることや、その内容が社内に広まることで、被害者はさらに辛い立場に追い込まれることもある」

渋谷さんのその声は、与田だけでなくここに集まった全員に向けられていた。

「与田くんが今日から本当に、このハラスメント相談室の相談員になると言うのなら、覚悟を持たなければならないの。相談者の相談内容はもちろんだけど、社内の誰かから聞いた話なんかでも、決して口外しないって……」

と、圧《ゲイン》を最大値《マックス》まで上げたところでハッとして、渋谷さんが頭を抱えた。

「あー、やっちゃった。なんだかお説教みたくなっちゃったわね。大きな声まで出したりして、ごめんなさい！」

パシッと自分の頬まで叩く姿に笑いが起きた。その笑いの輪の外で、鏑矢が目を見開いて〝観察〟しているのに気づき、条件反射で顔を引き締める。

「いえ、オレ口だけはちょっと軽いところあるんで。以後、気をつけます」

口だけは軽いと、与田が他の軽いところを全て棚上げしたところで、自己紹介から始めましょうかと渋谷さんが提案した。

「じゃあオレから行きます」

ちょうど立っていた与田が名乗りを上げ、自己紹介タイムが始まった。

「ライフ事業部のマスター与田こと与田颯太です。ハラスメント相談員なんて柄じゃないと思ったんすけど、五十七人も推薦してくれたらしいんで」

その数字に思わずえっ！と声が出た。そりゃ政治のド素人の芸能人やユーチューバーが選挙で勝ったりするわけだ。どうやら多くの人にとって投票は、お祭り気分でやるものらしい。

「社内の全女子の幸せが、まんまオレの幸せなんで。頑張りまっす」

そんな与田のふざけた挨拶に、渋谷さんが大きく拍手した。つられて皆が手を叩く。そして拍手がフェードアウトするのと合わせたように、全員の目が与田の隣の僕に水平移動《パン》した。視線に促され、おずおずと腰を上げる。

「同じくライフ事業部、杉崎健作です。えー、きっと誰かがふざけて入れた一票でこんなことになってしまいました。あ、自分も柄じゃないし、と一度は辞退したんですが……」

言いながら、僕の心は今朝の社内の廊下に飛んでいた。僕の視線のその先に、山田さんが佇んでいる。ハラスメント相談室新設のポスターをじっと、思いつめた顔で見つめながら。

「誰にも言えずに苦しんでいる誰かを助けられるのなら……」

そんな言葉がこぼれ出た後、ハッと我に返った。この会議室に戻って来た僕が、慌てて挨拶をまとめに入る。

「……なんて思い直して、参加させていただくことにしました。よろしくお願いいたします」

渋谷さんより早く、言い終わらないうちから大きな拍手を被せてきたのは、僕に一票を投じたに違いない鏑矢だった。しまった、この男の前で余計なことを。後悔したけれど、出した言葉は回収できない。赤面を隠すように頭を下げつつ席に着く。

僕と入れ替わりで、向かいの長机にいる長身の女性がすっくと立ち上がった。この人には社内の誰もが、一度は世話になったことがあるはずだ。

「総務部の島田《しまだ》睦美《むつみ》です。何か役に立てればと思ってます。よろしくお願いします」

相変わらず素っ気なかった。島田さんは僕のひとつかふたつ上。社内の何でも屋とか、便利屋さんと呼ばれていて、備品管理から遺失物の受付などのアナログな仕事だけでなく、パソコンの初期設定やトラブルなどにも対応していて、女性なのに……というイメージは時代錯誤と分かっているけど、入社時に目の前でさくさくパソコンの設置から初期設定までやってくれたときは、おおーっと驚いてしまった。

それに、民族大移動……もとい、社内のレイアウト変更による席替えは、総務部の指揮の下に行われているけれど、この人がその責任者になってからは、所要時間が以前の約半分にまで大幅に短縮されている。

島田さんはいつも無口で素っ気ない。けど、何でもスピーディーに片付けてくれるだけでなく、人の話を黙って最後まで聞いてくれる誠実な対応が何より印象に残ってる。きっとこの人も誰かの推薦による参加なんだろうけど、この人を推《お》した人は見る目がある、グッジョブだ。

島田さんが座ると同時に、その横の女性が立ち上がった。でも、座ってる島田さんと頭の高さにそれほど違いがなかった。昔の漫才コンビかと思うくらいの身長差だ。

「私は自分で立候補しました、ジョブ事業部の真野千里《まのちさと》です」

この人の顔も知っていた。小柄で、一見すると子供みたいに見えるけど、ジョブ事業部のスーパールーキーと呼ばれている人だ。

まだ入社二年目の若手ながら、とにかくアグレッシブ。入社年から先輩社員をごぼう抜きにし続けてると評判で、親の仕事の関係でいろんな国を転々としながら育った帰国子女だと聞いたことがある。階段とか屋上でスマホ片手に流暢な英語で話していたかと思ったら、翌日はフランス語、また違う日は何語かも分からない言葉で誰かと話してた、なんて噂もあるけれど、本当かどうかは分からない。

「ジョブ班からはきっと誰かが手を挙げてくれると信じてた」

渋谷さんが、自分の古巣からの立候補者に目を細めた。

「この相談室での経験は、働く人のための情報を発信するジョブ事業部の仕事にも、きっとプラスになると思う」

その言葉に、真野さんが大好きな先生に褒められた子供みたいな顔をした。

「私もそう思って立候補を決めました。それに、きっと渋谷さんもいるはずだって思って。どうぞよろしくご指導ください！」

みんなに、と言うより渋谷さんに向けての言葉で、真野さんは挨拶を締めた。どうやら彼女にとって渋谷さんは憧れの存在のようだ。

その真野さんが着席した隣のテーブルに一人座っていた人が、ゆっくりと腰を上げた。たぶん、年齢は五十代後半くらい。だけど、枯れ木のような細く筋張った体や、深い皺が刻まれた顔、淡いグレイヘアはひと回り上か、それ以上の齢にも見える。

いつだったか、社内の誰かが、若い頃はきっとイケメンだったはず、とか言っていた。僕は前から『スター・ウォーズ』のヨーダに似てると思ってる。与田よりよほど導師《マスター》って印象だ。そんな分別の塊みたいなこの人と、この部屋で会えるのを僕は密かに期待していた。

「佐藤万丈《さとうまさたけ》です。皆さんには万丈《ばんじよう》という呼び名の方がお馴染みかと思いますが」

万丈《ばんじよう》さんこと佐藤さんは、校正校閲室の責任者だ。

どこか他所のメディアが炎上したり、謝罪文を掲載したり、最悪な場合は訴訟を起こされたりしているのを目にする度に、きっと僕だけでなく社内の何人ものエディターが、この人に心で感謝しているはずだ。

この会社の校正校閲は、誤字脱字や言葉の間違いを正す校正よりも、事実関係の誤りや不適切表現を改める校閲に力を入れている。それが会社の方針だからだ。紙媒体のように厳密な訂正をしていると、記事をアップするまでに時間がかかりすぎてしまう。だから、誤字脱字はある程度は見逃すのだけど、拡散され始めるともう誰にも止められないウェブだけに、悪い方で拡散されるようなことは絶対に避けなくてはならない。

「所属は、校正校閲室になります」

決して火事を起こさぬように小さな火種も見逃すなと、全事業部の全ての記事に目を通している校正校閲室は、意外にも十人にも満たない少数精鋭部隊だ。万丈さんはその頼れるパトロール隊長で、この会社のエディターにとっては、正しさのルールブックと言えるかもしれない。

だから、きっと社内の誰かが、この人を推してるはずだと期待していた。ハラスメント相談室で一緒に活動することになれば、自然と話せるきっかけも摑めるはずだ、という期待だ。

なぜなら、山田さんが次の契約更新を迷っているという例の話をしてたのは、山田さんの派遣元の営業さんと、この万丈さんだったから。

あの話は本当なのか。それから、山田さんにこの会社を辞めたいと思わせているものは何なのか。僕はどうにかして万丈さんからその答えを、あるいはヒントを、得られないかと考えていた。

「私に何ができるのか。今はまだ分かりませんが、勉強しながら、模索していければと考えています。よろしくお願いいたします」

万丈さんが静かに自己紹介を終えた。みんな、万丈さんに合わせて頭を下げながら拍手した。

その拍手が止んでから、トリのこの人が腰を上げた。

「ニュース事業部の渋谷伊織です。真野さんと同じく私も立候補組で、以前から労働環境問題に関心があり、関連する取材を続けてきました。その中で出会ったハラスメント問題の専門家が主催する勉強会などにも参加しています」

そこまで溌剌《はつらつ》と話していた声が、急に途切れた。ふうと息を吐き出して、渋谷さんが感極まった声で挨拶を再開する。

「こんなに頼もしい仲間ができて、すごく嬉しいです。一緒に頑張っていきましょう。どうぞよろしくお願いいたします」

この六人が、ハラスメント相談室の創立メンバーか。拍手しながらみんなの顔を見回す。

「なんか部活っぽいすね」

隣で与田の声がした。

「これは意外と楽しいかも」

なんて、はしゃいだ声を上げている。僕は応えなかったけど、与田の言いたいことはなんか分かった。

うまく言えないけど、なんかこう、胸の奥でドラムロールが鳴ってるみたいな、そんな気がしていた。部活に入部した日とか、初めてバンドを組んだ日とか、新しい何かを始めるときの、期待と不安がごちゃ混ぜになった、あの気持ち。僕だけじゃなく、みんながそんな顔をして、拍手しながらここに集まった顔を見回していた。

「そして、相談室のメンバーではないけれど、これからお世話になることもきっと多いと思います、産業医の鏑矢元先生です」

渋谷さんが、上座に供えられている鏡餅を紹介した。白いつきたて餅が、満面の笑みで腰を上げる。

「産業医の鏑矢です。メンタルヘルスの陰にハラスメントありと言いますし、皆さんの活躍によって、健全な職場環境が保たれていくことを期待しています」

もっともらしいことを言い、鏑矢が満足げな顔で頷いた。視線はしっかり僕に固定されている。そしてそのまま鏑矢は、仕事があるので失礼すると言い出した。こんな時間から一件、面談が入っているらしい。もしかして、その面談というのは山田さんなのでは……。そんな気持ちを見透かしたみたいに僕を見て、鏑矢はニタッと笑うとこう言い残して出て行った。

「じゃあ杉崎くん。頑張って」

舌打ちで応えたが、ドアが閉まった後だった。と、小さく首を傾げた渋谷さんと目が合った。

「あ、鏑矢は小学校んときの同級生だったんです。何て言うか、今年に入って二十年ぶりの悪夢の再会？　僕に入った一票も絶対アイツに決まってるし、何企んでいるのやらって感じで……」

「杉崎くんと鏑矢先生、友達なんだ？　わ、いいなあ」

鏑矢が邪悪な神であることを何も知らない渋谷さんが、羨ましいとまで言い出した。いやいや友達じゃないですし。とソッコー否定したかったけれど、あの〝観察〟の話はさすがに持ち出すことができず……。曖昧な笑顔を張り付けたまま、僕はその場をやり過ごした。

「さて。まだちょっと時間が残ってますけど、どうしましょうか」

渋谷さんがみんなの顔を見た。この会議室の利用時間が、あと一時間近く残っているらしい。

「良かったら、今後の活動や相談室の運営について話し合いをしませんか」

渋谷さんの言葉に、全員が賛成し、あらためて背筋を伸ばす。と、万丈さんがゆっくりと手を挙げた。

「渋谷さん。あなたがリーダーとして皆を引っ張ってくれるとありがたいんだが」

言うまでもなく、反対する人はいなかった。渋谷さんを除く五人は、ハラスメント問題に関しては何も知らない素人だ。渋谷さんだって内心、リードできるのは自分しかいないと分かっていたはずだ。だけど、それを最年長の万丈さんが言い出すことで、なるほど渋谷さんもやりやすくなる。万丈さんの気遣いだ。これが真の導師《マスター》だからなと、僕は隣のなんちゃってマスターに念を送った。

「では、当面は私、渋谷が暫定的リーダーということで。頑張ります！」

渋谷さんが細い腕でガッツポーズをしてみせた。

「じゃあ、初めに。私たちはこれから何と闘うのか。敵を知る、というところから始めたいと思います」

暫定リーダーの提案で、まずはこの国のハラスメント問題の実態を知ってみようということになった。教科書は、実際に起きた事件をまとめた実例集。

渋谷さんに言われるままに、全員がスマホを出した。渋谷さんが参加している勉強会を主催する団体のホームページにアクセスし、その中で紹介されている実例に目を通す。

読み始めてすぐに、部屋の中の空気が変わった。重い沈黙が部屋の中に降り積もっていく。

途中、何度も僕の目は、次の行へと進むのが怖くなって立ち止まった。会ったこともない誰かのことなのに、もう過ぎてしまった過去のものなのに、そこに綴られた知らない誰かの人生のひと欠片は、どれも胸がえぐられるような、辛く、痛ましいものだった。

特に、この国でパワハラによる悲劇が起きる度に、「あの事件の再来」などと持ち出されるという「実例④」は、読んでいるだけで息が苦しくなり、それでも読み進めた先に待っていた最後の一行に強い衝撃を受けた。

実例④のハラスメント事件の被害者は、都内の広告代理店の営業課長A氏。ハラスメント行為者（加害者）は、上司であるB部長。A氏はB部長から連日、激しい叱責を受け、徐々に心を病んでいく。

まともなやり方から外れなければ、到底クリアできるはずもない厳しすぎるノルマ。クライアントが気に入っている女子社員を料亭での接待に動員し、クライアントと二人きりの状態で置き去りにして帰るような人間がそのノルマを達成していく中、同僚や後輩社員たちがいる前でのしごきという名の言葉の暴力を、A氏は何年にもわたって浴び続けている。

二人の間で実際にやり取りされた会話や関係者の証言を、時系列で淡々とまとめたものなのに、読んでいるだけの僕でも、何度も精神《こころ》が揺らいでいく感覚に襲われた。

これが実話。誰かが実際に受けた傷――

「ちょっとトイレ行ってきていいですか」

まだみんながスマホの画面に目を落としているのを確認し、渋谷さんに小声で告げて外に出た。けど、本当はトイレに行きたかったわけじゃない。息苦しさから少しの間だけ、逃れたかっただけだった。

手だけ洗って会議室へ戻る。と、その途中の廊下に渋谷さんが待っていた。大丈夫？と心配そうに、僕の顔を覗き込む。

「杉崎くん、共感力が強そうだもんね。辛かったら無理しないで」

共感力？　この人には僕がそんな風に見えていたのか。少し驚きながら、大丈夫ですと笑顔で返す。

「ただちょっと、あの結末がなんかショックで……」

「結末……？」

「実例④の……」

A氏は自ら死を選んだ。深夜にまで及んだ残業の後、会社の屋上から飛び降りたのだ。そう綴られた、最後の一行を思い出す。実例④の主人公は、自分の人生を終わらせることでようやく、パワハラという地獄に終止符を打てたのだ。

A氏が亡くなったのは、今からちょうど二十年前。僕が初めて、鏑矢の呪文砲を食らったあの年だ。人権意識が今とは違う、二十年も前の出来事と言えばそれまでかもしれない。けど、たった二十年前の出来事だ。今もまだ、この国のどこかに、こんな地獄があるんだろうか。

「戻りましょうか」

渋谷さんに続いて会議室のドアをくぐると、やはり誰もが放心していた。与田でさえも。

私たちはこれから何と闘うのか、その敵を知ることから始めたい。そう言った、渋谷さんの言葉の意味を噛みしめる。僕らは何の覚悟もなかっただけじゃなく、何も分かっちゃいなかった。

席に戻りながら、廊下に佇む山田さんの姿が、さっきまでとは違う切実さを持って僕の脳裏に映し出された。

その山田さんの立つ場所が、頭の中で廊下から、屋上の縁に変化した。山田さんの足が、何もない先へと一歩踏み出す。

行っちゃダメだ！

心で叫び、手のひらに爪が食い込むほどに、きつく拳を握りしめる。

「では、今後の予定です」

重苦しい空気を、渋谷さんの元気な声が吹き飛ばした。つとめてそうしたのだろうと感じた。

「まずはハラスメント相談員に必要な知識や技術、そして何より姿勢——心のあり方を身につけることからやっていきましょう。勉強会ね。でも、仕事もあるから週一くらいが……」

「いや、もっと急がないと！」

思わず言っていた。自分が発した大きな声に驚いてしまった僕を、ビックリ顔の五人が見ていた。

「お、やる気じゃないの、杉崎くん。じゃあ、週二かな？　どうでしょう、皆さん」

真野さんが真っ先に賛成の声を上げ、それに続くように全員が同意した。本音を言えば週二でも足りないと思ったけど、それ以上は言えなかった。今朝、人事部の人からハラスメント相談室に関わる時間も労働時間に含めていいとの説明があったけど、ここにいる全員が他にやるべき仕事を持った身だ。週二回が限度だろう。

「では、私たちのハラスメント相談員デビューは、必要な力を十分に身につけてからということで……と、いきたいところなんだけど、これだけは早めにやっとかなきゃいけないのよね」

と、渋谷さんが眉をハの字にした後、キュッキュと音を立ててホワイトボードにマーカーを走らせた。書かれた文字に、与田が大きく「ゲゲッ」と仰《の》け反《ぞ》る。ハラスメント問題という強大な敵と闘う前に、僕らは身近にいる恐ろしい敵たちと一戦交えなくてはならないらしい。

白板に書かれた文字は、管理職向け研修。

部長や課長といった中間管理職だけを集めて、パワハラを初めとするハラスメント防止のための研修会を開かなくてはならない。それはできるだけ早く、ハラスメント防止の取り組みの中でも、一番最初にやるべきことだと渋谷さんは言う。

「うっわ！　ハラスメント相談室、こっわ！」

「でもまあ、渋谷さんがいるから安心ですよ」

与田のビビりに、最年少の真野さんが返す。だけど、そんな真野さんの言葉を受けて、渋谷さんがこんなことを言い出した。

「そうね。管理職向け研修は、ここにいる全員で力を合わせて乗り切りましょう。でも残念だけど、実際にハラスメント相談を受ける段階に入ったら、私は誰のことも助けられないかもしれない。これは勉強会を進める中で話し合って、あらためて決めようと考えてたんだけど……。ハラスメント相談は、相談者が相談したい相談員を選んで、一対一で進めていこうと私は考えてる」

全員がえ？という顔をした。てっきり、ひとつの相談に対してチーム一丸で取り組むものと思ってた。

「一対一。誰にも頼れない。相談員としての力が試されるし、背負う責任が大きくなるし、悩み苦しむことも当然多くなる。けど、それでも一対一でやるべきだと考えるのは、ひとつは信頼関係を築くことがハラスメント相談ではとても大切だからなの。そして、その信頼関係にも関わることなんだけど、もうひとつは……」

「あ、プライバシーの保護、相談者の秘密を守ること！」

与田が答えた。みんな頷いているところを見ると、自己紹介前に与田が渋谷さんに叱られた内容を、みんな覚えていたらしい。渋谷さんが、与田に「よくできました」の親指を立ててみせた。鼻の穴を膨らませ、与田が同じサインを返す。

「ハラスメントに悩んでることを周囲に知られたくない。それが理由で相談をためらう人は本当に多いの。だから、ハラスメント相談のハードルはできる限り低くして、相談しやすいシステムにしたい。

それと、ここにいるメンバーを疑うわけじゃないんだけど、何人もが相談内容を共有するということは、それだけ部外者に情報が漏れる可能性も高くなるということで……。もしも相談内容が社内に広まったらどう？　相談者はもっと辛い立場に追い込まれることになるし、もう、相談員の誰のことも信じられなくなってしまう。

だから、それを避けるためにも秘密厳守、最少人数の一対一で取り組みたい。でもそれには、ここにいる私たち全員が、たった一人でもハラスメント相談員の役割を果たせるだけの力を養わなくてはならないってことになる」

　渋谷さんの顔を見ながらなぜだか僕は、ずっと前に聞いた話を思い出していた。溺れている人を助けに行って、海で亡くなった水泳選手の話だ。

　その話をしてくれたのは中二の頃の体育の先生だった。亡くなったのは、先生の体育大学の同級生。インターハイでメダルも獲ったほどの選手だったのだと、苦しげな顔で先生は語っていた。だからな、安易に人を助けられると考えるな。そう言った先生の真剣な目は、今でもはっきりと覚えている。

　たった一人でもハラスメントに立ち向かえるだけの力――渋谷さんの言葉の意味を噛みしめる僕らの中で、今までずっと黙っていた島田さんがぼそりと呟く。それはきっと、渋谷さんが次に僕らに突き付けなくてはならなかった言葉だ。

「一人で背負う覚悟がないなら、今のうちにここを去れ……か」

　沈黙の中で、壁の時計の秒針がやけにゆっくりと一周した。立ち去る人はいなかった。チラリと隣の与田を見たら、意外にもその顔はやってやるぜと言っていた。

　そんな僕らの顔を見て、渋谷さんは嬉しさを噛みしめるみたいに一瞬だけ目を細め、こんなことを言い出した。

「ハラスメント相談は一対一で。さっきはそう言ったけど、それはあくまで入口はそうあるべきということで、一人の相談員では抱えきれない問題には、タッグやチームで向き合うケースも出てくると思います」

皆が小さく安堵の息を吐いた。なんだ、さっきのは僕らの本気を試しただけだったんだ。なんて思った瞬間、だけど渋谷さんはこんな風に言い継いだ。

「でも、それは相談内容を他の相談員と共有してもいいか、相談者に許可を得た上で、に限ります。相談者の気持ちに反した情報のシェアは絶対にご法度《はっと》。相談者が他の誰にも漏らさないでと希望する場合は、たった一人で問題に向き合わなくちゃならない。だから、さっきのは脅したわけでも試したわけでも何でもなくて、相談員には一人で問題に向き合えるだけの知識も覚悟もなくちゃならない。それは本当です」

全員が再び顔を引き締める。その緊張感を渋谷さんの明るい声がかき消した。

「ということで、今後の勉強会や研修の日程とか会場予約の係を誰かに……杉崎くん、お願いできる？」

「え、僕ですか？」

「ほら、やる気満々みたいだし」

さっきの「いや、もっと急がないと！」発言を持ち出して、渋谷さんが僕を指名した。正直ちょっと面倒だと思ったけれど、ああ言った手前、嫌とは言えない。みんなのスケジュールをすり合わせて、週に二回の勉強会の日時を決めて、会議室を予約。それから、恐怖の管理職向け研修会の日程調整と会場確保という仕事が、一気に僕に課されることになってしまった。

「……って、あれ？」

与田が不思議そうに首を捻った。

「これって毎回、会議室借りてやるんすか？　ハラスメント相談室っていうくらいだし、会社から部屋もらえるものと思ってたんすけど。高校んときの部室とか、大学のサークルのクラブハウスみたいなやつ」

言わなかったけど、実は僕もそう思ってた。さすがに与田がイメージしているような、たまり場みたいなものは考えてなかったけど、活動拠点的な、そういう場所があるもんだとばかり。「ハラスメント相談室」というネーミングのせいかもしれない。みんな同じだったと見えて、真野さんや島田さん、なんと万丈さんまで頷いている。

そんな僕ら見習い相談員に向けて、渋谷さんが高らかに宣言した。

「ハラスメント相談室というのは、部屋とか場所のことじゃなくて私たち。ここにいる私たちが、ハラスメント相談室――職場の人間関係に苦しんでいる人たちの駆け込み寺よ」

第2楽章　不協和音のファンファーレ

途中下車した。会社から家の最寄り駅まで電車一本で済む通勤ルート。その途中でＪＲに乗り換えて新宿へと向かう。

月曜日の会社帰りに寄り道なんて、最近滅多にしなくなってた。だけど、どうにも今日はこのまま、家に帰っても眠れそうになかった。

今日起きた出来事が、順番もバラバラに次々と頭ん中に浮かび上がってきて、何て言うか会議室を出てからもずっと、興奮状態が続いていた。

だから、あそこへ行こうと決めた。大学の頃、料金が安くなる深夜にこもった音楽スタジオ。西新宿駅から徒歩五分。だけど乗り換えて交通費が高くつくのを避けて、いつも新宿駅から十五分以上歩いて通った、古びたビルの地下にあるスタジオだ。

そこで思い切りドラムを叩きたかった。自分の鼓動よりも速いテンポで、自分の鼓動よりもでかい音で、自分の中に駆け巡っているいろんな思いをかき消してしまいたかった。いつもの自分を取り戻したかった。

時計は二十時を少し回ったところだった。月曜日だし、料金が安くなるのを待つ昔の僕らみたいな連中もまだいない時刻だし、きっとひと部屋くらいは空いてるはずだ。

新宿駅の西口を出る。けどそこで、乗り換えるのを忘れたことに気がついた。スタジオへの道のりをまだ体が覚えていたのか、条件反射で駅から出てしまったようだ。

あの頃と違って今はもう、ひと駅分の電車賃をケチる必要なんてない。だけどもう戻るのも面倒だと、歩いて向かうことにした。

だけど本当は、面倒なだけじゃなくてなんとなく、風に吹かれて歩きたかった。内にこもって出てってくれない、この微熱みたいなのを冷ましたかった。

西口の動く歩道がある長い地下通路を抜けて、都庁がある高層ビル街の歩道に出た。今日の会合の解散時に、総合情報サービス企業という会社柄、この取り組みも記事として発信していくと言っていた渋谷さんの話を思い出したりしながら、仕事を終えた人たちが駅へと歩いて行く道を、流れに逆らいだらだら歩く。

その途中、髪を揺らしていった風に、一瞬だけ金木犀の匂いが混じっていた。周囲を見回す。だけど、それらしい木は見当たらなかった。

秋がきたな、とふと思う。子供の頃からなんとなく、金木犀の香りがした日が僕にとっては秋の始まりになっている。

と、おしゃべりしながら歩いてた三人組の女性の一人が、僕の腕にぶつかった。よろめいたその人の肩を支えて「大丈夫ですか」と声をかける。女性は、自分がよそ見をしていたせいだと詫びた後、「大丈夫でしたか」と僕の顔を覗き込んだ。大丈夫だと笑顔を見せて、その場を立ち去る。ぶつかったその女性は、おっとりと少し眠そうな顔で、変身前の山田さんにどこか似ていた。同じくらいの齢の、似たような女の人なのに。一体何が山田さんとは違うのか。どうして僕の頭ん中のコンピューターは、山田さんだけ敵と認識してしまうんだろう。

「何がスキサケだ、くそ」

独り言《ひとりごと》ちながら僕の意識はまた、あの会議室に引き戻されていた。

ハラスメント相談は一対一で受け付ける。その方針だと、山田さんがハラスメント相談室を頼ってくれたとしても、僕には何もできないどころか、相談を寄せられたことすら知らないままになるだろう。自分に何かできるとしたら、山田さんがこの僕を指名して相談を寄せてくれたり、この僕にも相談内容を明かしていいと許可してくれたときだけだ。

だけど、そんなのあり得ないし、万が一、そんな奇跡が起きたとしても絶対無理だ。スキサケが治らなければ、山田さんがどんな問題を抱えているのか、ちゃんと向き合って話を聞くことすらできないのだから。

僕のため息と合流し、秋の風が過ぎていった。その風音に紛れて「お疲れ様でした」と聞こえた女性の声に、僕のセンサーが反応した。どこかで聞いたことがあるような声だった。

振り返り、その声の記憶が、目の前の後ろ姿と一致した。

「鷲尾《わしお》さん?」

駅の方へと歩いて行く見覚えのあるウルフカットの黒髪に、折れそうに細いブラックのスキニージーンズ。スレンダーな後ろ姿は、以前会社の校正校閲室にいた派遣社員の鷲尾さんに違いなかった。確か、一年いたかなというくらいの短い在籍期間で、半年ほど前にいなくなっている。山田さんの前任者だ。

あっ、と頭の中にひとつの考えがひらめいた。鏑矢の匂わせによれば、何らかのハラスメントを理由に山田さんは契約更新を悩んでいる。その山田さんの前任者の鷲尾さんも、短期間で会社を去っている。二人とも、同じ理由だとしたら――

辞めたのは何か訳でもあったのか。訊いてみようと元来た方へと歩き出したとき、青信号が点滅している横断歩道を、鷲尾さんが慌てて向こうへ渡って行った。

仕方なく、向こう岸を目で追いながら歩道を急ぐ。と、鷲尾さんがふと僕の方へ目を向けた。あ、気づいてくれたかな。そう思った瞬間、鷲尾さんは顔色を変えて足を止め、僕が視線に会釈を返すと、そこからダッと駆け出した。

え？

驚いて、口を開けたまま固まった。

逃げた……？

何で？？？

全く訳が分からなかった。けど、僕のポンコツな脳みそが、これは裏に何かあるぞと言っていた。その声にスイッチを押され、スニーカーの底がアスファルトの道を蹴る。

対岸を見ながら、鷲尾さんと平行して全力で走った。鷲尾さんは何度もこちらを確認しながら、ものすごい形相で駆けて行く。明らかに、この僕から逃げようとしている顔だ。

タイミング良く、向こうへ渡る次の横断歩道の信号が、間もなく青になりそうだった。その場駆け足で信号が変わるのを待って、青になったと同時に猛ダッシュする。

横断歩道を渡りきると、気合を入れて限界までスピードを上げた。鷲尾さんとの距離がひと脚ごとに縮まっていく。これなら、彼女の背中が新宿駅の人混みに紛れる前に追いつけそうだ。と思った瞬間、鷲尾さんの姿が通行人の陰に隠れて見えなくなった。だけどその後、通行人を追い抜いてもそこに、鷲尾さんの姿はなかった。

キツネにつままれたような気持ちで周囲を見回し、この消失トリックの、そのタネを発見した。何のことはない仕掛けだった。僕らは外の歩道から、いつの間にか地下通路に入っていた。その通路の途中に見つけた小さな出口の階段を駆け上がる。

地上に出ると、やっぱりいた。出口から駅の方へと少し行った先に、息を切らして立ち止まっている鷲尾さんの姿があった。

僕を見て、鷲尾さんがまた走り出す。後を追った。喉がヒリつき、口の中は呼吸ひとつでひび割れそうなくらい乾いていた。それでももう、立ち止まるわけにはいかなかった。鷲尾さんがこうまでして逃げる理由を、何としてでも知りたかった。

脇道に逸れた鷲尾さんを追っていくうち、道はどんどん狭くなった。猥雑な店が並ぶ迷路のような狭い道を、逃げる人を追って走る。

そうしてようやく鷲尾さんに追いついたのは、僕が両手を広げたくらいの幅のビルとビルの隙間にある、もはや道とも呼べないような湿った路地の行き止まりだった。

逃げ込んだ先で袋小路に嵌《はま》った鷲尾さんは、嫌だ嫌だと言うみたいに、僕を見て首を振った。

どうして逃げるんですか。それを訊こうと上がった息を何とか整え、乾き切った唇を開こうとしたそのとき、鷲尾さんの方が一瞬早く言葉を発した。

「私を脅迫してたのは、杉崎さん、あなただったんですね」

え？

何を言われたのか分からなかった。不協和音のファンファーレ——ベートーヴェンの交響曲第9番第4楽章の始まりの、あの音が聞こえていた。それがどこかで鳴っているクラクションだと気づいたとき、棒立ちになった僕の胸に鈍い衝撃が走った。

鷲尾さんが僕を突き飛ばして逃げたのだ。と僕の頭が理解したのは、この小さな路地からすでにもう、鷲尾さんが消えてしまった後だった。


「先輩。オレたち、ここから生きて帰れるんすかね」

僕の隣で与田が声を震わせた。まさか現実世界でこんなドラマみたいなセリフを聞く日が来ようとは。

「大げさだな」

腹話術師よろしく、口を動かさないで言う。もちろん、正面に向けた顔は真剣な表情をしっかり固定したままだ。それでも、大会議室の正面にこうして立っていられるのは、ピントが合わないようにして、目に映る世界をすっかり霧に包んでいるからだった。

目の前に居並ぶ面々は、入社十年にもなれば知らない顔など一人もいない。「部長」「課長」と呼べばすぐ、全員が振り返る人たちだ。悪ではないが、アクが強い。めんどくさいし、ぶっちゃけ怖い。

「本日はご参加ありがとうございます。これより管理職の方々に向けて、ハラスメント防止のための研修会を開催させていただきます」

ハラスメント相談室の最初の大仕事、管理職研修が始まった。会場は、会社の会議室群で三番目に広い会議室C。

正面中央でマイク片手に進行するのは、言うまでもなく我らがリーダー渋谷さんで、整然と並べられた長机の一番後ろの席では、真野さんがノパソに向かって議事録を作成し、島田さんが参加者の端末に資料を送るなどのオペを担当。僕と与田の二人は、渋谷さんの横で進行をサポートするという役割分担になっている。

できればあっちに行きたかった……と、後方の二人を遠目に眺めた。僕と与田は教室に立たされている出来の悪い生徒みたいでなんとなく間抜けだし、何と言っても後方組なら管理職軍団と正面から向き合わずに済む。

「では最初に、パワーハラスメントとは具体的にどういうものなのか。パワハラに当たる六つの類型から説明していきたいと思います」

パワハラ防止法の概要をサラッと読み上げた後、渋谷さんがパワハラの具体的な種類の説明に入った。研修参加者が各自持参したノートパソコンやスマホといった端末からログインした仮想会議室のプロジェクターに、議事進行に沿って資料が映し出される。

【パワーハラスメントの6つの類型】
1　身体的な攻撃（暴行、傷害）
2　精神的な攻撃（脅迫、名誉毀損、侮辱、暴言）
3　人間関係からの切り離し（隔離、無視、仲間外し）
4　過大な要求（業務に不要なことや遂行不可能なことの強制、仕事の妨害）
5　過小な要求（業務上の合理性なく能力や経験とかけ離れた程度の低い仕事を命じる、仕事を与えない）
6　個の侵害（私的なことに過度に立ち入る）

打ち合わせ通り、僕がそのひとつひとつを読み上げた。その後、渋谷さんが各項目に詳しく説明を加えながら、一目で内容を理解できるような視覚的な資料が、各参加者の端末に送られる段取りになっている。
「身体的な攻撃。暴行や傷害と聞くと、皆さんはこの会社ではそんな物騒なことはあり得ない。現在はもちろん、過去にも一度だってなかったはずだとお考えになるでしょうが……」

渋谷さんが一度、言葉を切った。ここからが大事なポイントだ。

「ここには殴る、蹴るといったはっきりと暴力と認識されるものだけでなく、腕や襟首を摑む、といったケンカの一歩手前のような行動や、物を投げつける、小突く、書類などで頭を叩く、という行為も含まれます」

手元のノパソやスマホに視線を落としていたほとんどの参加者たちが、え！と驚いた顔を上げた。

「相手に直に当たっていなくても、相手に直に当てるように投げていなくても、物を投げるという行為は身体的な攻撃に該当します。肩や胸を小突いたり、書類などで頭をパシッと叩くというのも身体的暴力になるのです。鈍器で殴って怪我をさせたわけじゃないからＯＫ、ということではありません」

会場に、小さなざわめきが起きていた。参加者の多くが戸惑っているようだ。

「ここにいらっしゃる皆さんの中にも、それなら自分もやられたことがある、という方がいらっしゃるのではないでしょうか。もしかしたら、それほどの悪意はなくやってしまった……という経験がある方もいらっしゃるかもしれませんね」

横目でチラリ僕を見る与田の気配を察知した。勉強会で渋谷さんからこの説明があったとき、与田がヘラヘラと「これオレ、何度か先輩にやられたことありますよね」とか言い出して、その後さんざん、それをネタに「パワハラはやめてください」とからかわれたのだ。

もちろん、僕にパワハラの意識は一切なく、これを知ったときには、ここにいる参加者と同じように戸惑って、ついこんな心の声を大音量で漏らしてしまった。

だって、そんなのみんなやってるよね。僕もやられたことあるし。みんなそうじゃない？　これじゃ全員アウトじゃん！

あのとき僕が言った通り、参加者のどの顔にも「身に覚えがある」と書いてあった。そして、そんなやっちゃったことがある人のほとんどは、やられた方も経験してるはずだ。

そうか、自分も身体的パワハラを受けていたんだ、と困惑している顔。あわわ、やってしまってた……という青い顔。そんなたくさんの顔に視線を一巡させた後、渋谷さんはパワハラ六類型の第二項へと話を移した。

「次は、厚生労働省の『職場のハラスメントに関する実態調査報告書』でハラスメントを受けたと答えた回答中、最も多かった精神的攻撃についてご説明します。脅迫、名誉毀損、侮辱、暴言がこれに当たりますが、具体的には……」

脅迫――その言葉に、十日ほど前の記憶が鮮明によみがえった。

私を脅迫してたのは、杉崎さん、あなただったんですね。

新宿の路地裏で、鷲尾さんに突き付けられたあの言葉。あれは一体何だったんだろう。

「バーカ。アホか。これじゃ給料泥棒だ。仕事ひとつを覚えるのにいつまでかかってるんだ。何でこんなこともできないんだ。つまんないヤツだな。だからネクラは。陰キャのくせに……など など。これらは全て、人格を否定する精神的攻撃に該当します」

あの夜の新宿の路地裏に思い巡らす僕を置いて、渋谷さんの説明が続いていく。

「他にも、これじゃあ次の契約は無理だな、次も失敗したらクビになっても仕方ないからね、といった、雇用について不安を与えるような言動は脅迫行為。これも、精神的攻撃に含まれます」

　鷲尾さんはそういった脅迫に当たる言葉を受けて、会社を去ったということだろうか。

　このパワハラの六類型をハラスメント相談室の勉強会で初めて学んでから、自分が迂闊にそういう言葉を発してなかったか、何度も何度も繰り返し、僕は過去の記憶を洗い直した。けど、思い当たる節は何もなかった。

　鷲尾さんが在籍していた当時は、僕らライフ事業部の島と鷲尾さんの席がある校正校閲室の島は隣接……と言うか、人数に対するフロアの面積不足もあって一塊《ひとかたまり》になっていた。けど、話す機会はそれほど多くなかったと思う。

　少なくとも、僕は何の役職も持たない平社員で、他部署の派遣社員の採用にあれこれ言える立場じゃない。契約打ち切り——いわゆる派遣切りをチラつかせるなんて、そんなことができるとしたら、ここにいる管理職クラスか、それより上の人たちだけだ。

と、見回す途中で視線を止めた。最後列の端っこに、万丈さんの顔があった。

　今回、万丈さんはハラスメント相談室のメンバーとしてではなく、一人の管理職としてこの研修に参加していた。それは事前の準備の中で、万丈さんからの申し出により決まったことだ。

　自分がこの会社で守るべきものは、何より会社が発信する情報の倫理や正確性であり、その倫理や正確性を司る校正校閲室とそのメンバーです。

　万丈さんは疲れたような声で、だけどはっきりとそう語り、だから研修にはまずはハラスメント相談室のメンバーとしてではなく、校正校閲室の責任者として出席させてほしいと、全員年下の僕らメンバーに頭を下げたのだ。

もちろん、誰も反対しなかった。当然だ。それに、今日この日を迎えるまでに万丈さんは、誰の目にも真剣に資料作りなどの準備に取り組んでいた。

鷲尾さんにとって、最も脅威となり得たのは誰か。その答えは、直属の管理者だった、この万丈さんになる。

勉強会とこの会の準備の間にすっかり内容を覚えてしまっているだろうに、真剣な顔で渋谷さんの話に耳を傾けている万丈さんの姿に、いやいや、と心の中で首を振った。この人が派遣社員を、しかも自分の子供でもおかしくない年頃の女性を脅迫するなんて、絶対にあり得ない。ふと抱いた疑念の欠片を、僕は即座に心のゴミ箱に放り込んだ。

それに、鷲尾さんのあの言葉から察するに、彼女は脅迫者が誰なのかも分からないまま会社を去っている。正体不明の脅迫者……それは一体何者で、何が目的だったのか。

「パワハラの六つの類型。その最後は、個の侵害。プライベートへの過剰な立ち入りです」

ぐるぐると考え込んでいた間に、いつの間にかパワハラの六類型のうちの三番目の「人間関係からの切り離し」と四番目「過大な要求」、五番目「過小な要求」の説明が終わっていた。

「個の侵害とは、プライバシーに過剰に干渉することですが、この項目が最もイメージしにくいかもしれません」

そのイメージしにくい個の侵害について、渋谷さんが具体的な例を挙げようとしたとき、いきなり着うたが鳴り響いた。タイトルは分からないけど、確か宝塚歌劇の有名な曲だ。宝塚と言えば……とその人に目を遣ると、やっぱりそうだった。ウーマン事業部を率いるヅカヲタ歴ウン十年の海野《うみの》愛子《あいこ》部長が、慌ててスマホを操作している。着信音をオフにしておくのをうっかり忘れていたらしい。

音が止み、消音モードに切り替えた海野部長がペコペコ四方に頭を下げ終わって、いざ再開。と思ったら、すぐにまた一時停止ボタンが押されてしまった。今度はジョブ事業部の萬田《まんだ》部長だ。

「ああ、大変な時代になったもんだ」

着信音による中断をきっかけに、始まったのは萬田部長のボヤキだった。

「渋谷くんと愉快な仲間たちの諸君。君らは知らんだろうがね。我々は、モーレツに働くのが美徳という世の中で、それはもう必死に働いてきたんだよ。長時間労働が問題になり始めた時代には、上司から『社員が全員ゾンビになればいいのになあ。そしたら過労死の心配なんぞせんで済む、ガハハハハ』なんて暴言を吐かれ、それでもぐっと歯を食いしばり、耐えて、耐えて、耐えてきたもんだ」

僕らの誰にも止められるわけがなく、萬田部長のボヤキは愚痴へと進化した。

「ようやくここまでたどり着いて、やっと平和な日々が訪れるかと思っていたら、今度はアレもコレもソレもどれもハラスメントで、ハラスメントの地雷原だ。地雷を踏まずに定年というゴールまでたどり着ける気がしない。一歩踏み出した途端に、大爆発で木っ端みじんになりそうだ！どこ踏んじゃアウトなの？　地雷の位置を全部教えといてよ」

管理職連合軍から拍手喝采が上がった。続いて、自分などはああだった、いやいや自分はこうだったと、過ぎ去った遠い時代のハラスメント思い出合戦が始まっている。いい年をした大人たちが、まるで小学校の自習時間みたいにわいのわいのと大盛り上がりだ。

その中で、連合軍の末席にいる万丈さんと、もう一人の参加者だけが沈黙を守っていた。もう一人とは、渋谷さんに視線をロックオンしたまま最前列中央に陣取っている人事部の芹沢部長だ。その目はまるで、この管理職軍団の反乱で、渋谷さんが窮地に陥っているのを楽しんでいるようにも見える。

そう言えば、この研修の準備のために集まったとき、真野さんが「芹沢部長が何か邪魔とかしてきそう」としきりに心配していた。それを聞いた渋谷さんは、「大丈夫、芹沢部長はそんなに悪い人じゃない」とひらひら手を振った後で、こんな風に付け加えていた。

でも、何か文句を言い出す人はいるかもしれないわね。これまではハラスメント関係を人事部が担当してたから、相談者が声を上げにくかっただけじゃなくて、ハラスメント防止のための禁止事項にクレームをつける人もいなかった。どっちも自分の立場が危うくなるのを怖れて、沈黙を守ってたのね。

それが、人事部から私たちハラスメント相談室の管轄になったことで、相談しやすくなって被害者が声を上げてくれるようになるだけならいいけど、中にはハラスメント対策やルールなんかに文句を言い出す人も出てくるはずよ。

オレたち、舐められてるってことっすか？　与田のクエスチョンに、舐めたいなら舐めさせてあげて、山椒は小粒でもピリッとスパイシーってところを分からせてあげましょ、と渋谷さんは笑ってたっけ。

そんな渋谷さんの予想はずばり当たってしまった。中間管理職軍団の不平不満は一向に収まらず、騒ぎはどんどん大きくなっていく。

さあ、この混乱をどうやって収めるつもりだ、渋谷くん。芹沢部長がそう言わんばかりの目で渋谷さんをじっと見ている。

その目を見ながら、もしかしたら――と考えた。もしかしたら芹沢部長も初めから、こうなることが分かっていたんじゃ……。ずっと傍観し続けてるのも、騒ぎがどんどん大きくなって、この研修が失敗に終わるのを待っているとか。だとしたらなおさら、何としてもこの管理職向け研修をやり遂げないと……。

と、芹沢部長が予告なく、いきなり視線をスライドさせた。しまった！　と思ったときにはもう、三白眼としっかり目が合っていた。ソッコーでピントをぼかし、怖いものを霧の中に包み込む。

「なあ、渋谷くん。地雷原マップを私のスマホに送っといてくれるとありがたいんだがね」

萬田部長がしゃがれた声で注文をつけた。本当に大人げない。だけど、そんなことで負けるような渋谷さんではなかった。

「承知いたしました。只今、その地雷原マップを皆さんの端末にお送りします。個の侵害に該当する言動の一覧表です」

へ？という顔をして、萬田部長がノートパソコンを覗き込む。他の参加者も皆、端末に目を落とし、途端に誰もが絶句した。

参加者の表情が、見る間に萎《しお》れていく。無理もない。僕も初めてこれを目にしたときは、くらくらと眩暈がした。

今、参加者たちに送られたのは、「有休の理由を訊いてはならない」「休日に何をしているか訊いてはならない」「部下や後輩を呑みに誘ってはならない」「どこに住んでいるのか、住所や最寄り駅を訊いてはならない」などの〝べからず〟リスト。以前、人事部からポータルサイトに届いたものとは比べ物にならないくらい詳細な、数多くの具体例が並んでいる。読んでいると、もう社内の誰とも一生口をきくもんか！という気になってくる代物だ。

「なあ、与田」

腹話術を使って、隣の与田に小声であれを打ち明けた。例の山田さん歓迎ランチの一件だ。

「休みに何してるか訊くのもアウトって、休日に買い物行ったり映画行ったり音楽聞いたりアウトドア楽しんだりが、何の問題があるのか全っ然、分かんないんだけど」

僕を真似して、腹話術で与田が答える。

「先輩、それ全員が自分と同じように、休日は音楽聞いたり、映画観たりしてると思い込んでるから言えるんですって」

真面目な顔を張り付けたまま、腹話術で会話が続く。

「ヤバい系の政治デモに参加したり、カルト集会に参加したり、ＳＭクラブをハシゴしたり、薄ーい本を作ってたり、芸能人にクソリプ送りまくってたり、ハプニングバーに行ってたり。そういう休日の自分を隠して職場に来てる人たちも、世の中には大勢いるってことですよ。他人の休日とスマホの中身は見たらダメです。人間不信になりたくないなら」

与田に説教されてしまった。

「個の侵害だけでなく、パワハラの全類型について、禁止事項、できる限り避けたい言動、状況や関係性によって注意が必要な言動に分けてまとめてあります。どうか一度とは言わず何度でも繰り返し、お目通しいただけると……」

ぐったり疲れ果てたように黙り込んだ中間管理職軍団に、渋谷さんはパワハラ六類型の章を終えるための結びのフレーズを途中で止めた。そして、うんと力強く頷いて笑顔で再開した言葉は、さっき言ったのとは全く逆に振り切っていた。

「いえ、こんなリストなんかもう、本当は見ても見なくても、どっちでもいいんです」

へ？　どういうこと？　意味が分からないとばかりに首を捻る参加者たちに、渋谷さんが真意を明かす。

「地雷ワードを学ぶより、大切なのは、仕事を通じて集う者同士が理解し合おうとすること。思いやる精神を培うことが、何より大切なのではないでしょうか」

ぱらぱらと、何人かが頷いてくれていた。だけど、またも萬田部長が言い出した。

「パワハラパワハラと言うけどね、こっちが被害者のケースだってあるだろう。ハラスメントハラスメント言うのだってハラスメントだ、ハラハラだ！」

「それ！　私もずーっと思ってました。何をしてもハラスメントハラスメント！　古いだの、遅れてるだの、老害だのって！　最近の子たちの言いたい放題に、こっちが何か返そうものならパワハラになるの、何かおかしくないですか！　ねえ、皆さん！」

海野部長が演劇部で鍛えたよく通る声で民衆を扇動すると、僕の直属の上司であるライフ事業部・桃井《ももい》課長の悲しげな声がそれに呼応した。

「私なんか、コロナが大流行した頃に咳が出て、これはもしやコロナでは、皆さんにうつしたりしたら大変だと早退を願い出たとき、女子社員たちが集まって、ねえねえピンクがＪＫの使用済みマスク買って愛用してたらコロナになったってマジ？　なんてエレベーターホールで大笑いしてて、どれだけ悲しかったか……」

ピンクは桃井課長の愛称だ。もちろん、裏で使われている。ご本人にバレてたようだ。

「他にもあります。ねー、なんか今日ピンク、いつもに増してモモくない？　分かるぅ、めっちゃモモいよね！　とか、女子社員が集まって謎の会話で盛り上がっているのも耳にしました。何ですか、モモいって。どうせ悪口なんでしょうけど。どうせキモイの進化系とかなんでしょうけど。こっちだって、好きでオッサンになったわけじゃないんです！」

似たような経験があると見えて、男性管理職のほとんどが大きく頷いていた。どの顔も悲哀に満ち満ちている。

オッサン一歩手前の僕にはまだその手の経験はないけれど、中高年男性に対する女子の評価や態度と言ったら、それはもう辛辣だ。いや、もはや残酷と言ってもいいだろう。僕だって、齢を取るのが今からすでに恐怖でしかない。

「一方的なパワハラルールに反対！」

萬田部長が拳を高く突き上げた。

「はんたーい！」

何人もの声がそれに続いた。研修会場に拍手の渦が巻き起こる。彼らが立ち上がって「エイエイオー」の気勢を上げるまでに、それほど時間はかからなかった。もう研修と言うより、中間管理職の決起集会と化している。

「先輩、なんかヤバイことになってきましたね」

与田が声を引きつらせた。腹話術も完全に忘れてしまっている。奥のテーブルを見ると、真野さんと島田さんも青い顔で固まっていた。

この状況を、万丈さんはどう思っているのだろうか。管理職軍団に遮られて見えなくなった万丈さんの姿を探す。と、一瞬の隙間から垣間見れたその顔は、やっぱり険しい表情だった。

渋谷さんは困り果てた顔をして、さっきから黙ったままだ。力強くマイクを握っていた右手も、今や戦意を喪失したボクサーみたいにだらりと力を失くしている。

どうしたらいいんだ、と焦る頭にアイツの顔が思い浮かんだ。おい、鏑矢。専属産業医のくせに何でここにいないんだ。どうせあそこで見ているくせに！

なんか腹が立ってきた。周囲を見回し、見つけた天井の監視カメラを睨みつける。

けど、一番腹が立つのは、ここに棒立ちになってるだけの自分だった。悔しさに唇をきゅっと噛む。と、ふと思い出した。この会の担当を割り振る中で、渋谷さんがこんなことを言っていた。

杉崎くんと与田くんは私の横にいて。何もしなくてもいいから。

うわ、それって何の役にも立たないってことじゃないっすか。むくれる与田に渋谷さんは、真剣な顔でこう答えていた。

違うよ、二人がいてくれるだけで安心するからよ。私だって、やっぱり怖いもん。意外かもしれないけど。

「……与田、行くぞ」

与田を連れて、渋谷さんと二メートルほどとっていた距離を詰める。気づいた渋谷さんの顔がゆっくりとこちらを向いた。

「杉崎くん」

うんと頷くことで、大丈夫だと伝えた。二メートル、ただ横へ移動しただけ。僕らにできることは、そんなことしかなかった。けど、何にもできないのは嫌だ。何でもいいから、何かしたかった。渋谷さんの、できるだけ傍にいてあげたかった。

渋谷さんの唇が、ありがとうのかたちに動いた。マイクを持つ手が再び上がる。

「パワハラ防止法は、パワーを使ったハラスメントを防止する法律です。ですが私たちは、皆さんが仰るような一方的なルールを押し付けようだなんて考えていません」

騒動はまだ続いていた。ほとんどの人が話を聞こうともしていない。

「パワーというのは、会社の序列だけとは限りません。管理職である皆さんもまた、ハラスメントの被害者になり得るのです！」

強く言い切ったその声は、参加者たちの視線を一瞬、引き寄せた。

「ＰＣ操作やＩＴスキルというパワーを武器に、若いスタッフが上司を馬鹿にしたり、先ほど桃井課長が仰っていたように、数の力で部下たちが上司を無視したり虐げる。こういった、会社の序列に反したパワハラは決して珍しくありません」

会場が水を打ったように静まり返る。

「職場には、この人間社会には、序列や肩書き以外にも、さまざまなパワーが存在しています。私たちハラスメント相談室のメンバーは、いかなるパワーによるものであろうとも、あらゆる全てのハラスメントに毅然と立ち向かっていくつもりです」

ね、そうでしょう？　僕に、与田に、そして後方の万丈さんや真野さん、島田さんへと巡らせた渋谷さんの視線が、そう問いかける。

僕らは背筋を伸ばして胸を張り、その決意を参加者に示すことで、渋谷さんの問いに答えた。

正直、そんな確かな決意をもって、この研修に臨んだわけではなかった。だけど、たった今、渋谷さんの目を見た瞬間、覚悟を決めた。

そんな僕らにほんの束の間、渋谷さんがくしゃっと泣きそうな顔を向けた。その顔をすぐにきゅっと引き締める。ここにいる人たちに、ある指令《ミッション》を告げるためだ。

「第一回目の研修を管理職向けとした理由。それは、管理職の皆さんがパワハラをはじめとするハラスメントを犯しやすい立場にある、というだけではありません。管理職にある皆さんには、ハラスメント防止に向けての果たすべき役割や責任があるからです」

　そう訴えかけると、渋谷さんはいくつかのパワハラ事件の実例を挙げた。どれも管理職ではない社員が集団で、職場の特定の人物を攻撃したり、無視したりしていたというものだ。

「これらの事件の共通点は、一人ひとりのパワーはそれほど大きくない人たちが集団で、つまり数というパワーを使って行ったパワハラであるという点です。ですが他にも、見過ごしてはならない共通点があります。それは事件が起きる以前から、職場の管理者が被害者を馬鹿にしたり、社内で悪口を言っていたというものです。

　社員の中にはそれを、ボスの命令だ、攻撃開始の合図だ、と受け取った人もいたのでしょう。または、管理者の日頃の態度が、職場を虐めの温床にしてしまっていたのかもしれません」

　聞いているだけで、たまらない気持ちになった。喉の奥を、固い石で塞がれたような圧迫感に襲われた。もしも、その被害者が自分だったら……二度と会社には行きたくない。そんな日々が続いたら、死にたくなってもおかしくない。

「このように、ハラスメントに対する管理職の意識や向き合い方というのは、職場環境に大きな影響を及ぼします。ハラスメント研修の第一弾を管理職の皆さんに向けてのものにしたのは、管理職の皆さん自身がハラスメントを行わないというだけでなく、皆さんが管理する職場でハラスメントを行わせない、という役割を背負っていただくためです」

　訴えかける声は熱かった。どうか分かって、と懇願するような声だった。

「時代の変化で、セーフだったものが突然アウトになったのではありません。本当はアウトなのにセーフにされてきたものが、ようやくアウトだと言えるようになっただけなんです」

参加者の多くが、噛みしめるように頷いていた。ぎゅっと目を閉じている人もいる。

「自分たちもされてきた！　だから後に続く君たちも我慢しろ！　ではなくて、自分たちはされてきた。だけど自分たちがされて嫌だったことを自分たちはやらないでいこう、自分たちで変えていこう。そうありたいと思いませんか、皆さん！」

ゆっくりと拍手が起こり、それは見る間に大きくなった。最初に手を叩いたのは意外にも邪魔ばかりしてきた萬田部長で、僕らハラスメント相談室のメンバーは、顔を見合わせて噴き出しそうになってしまった。

分かってる、悪い人じゃあ、ないんだよねえ。全員の顔がそう言っていて、みんな笑いを堪えるのに必死だ。

後半戦に入ると、会場に流れる空気がさっきまでとはまるで違っていた。進行がとてもスムーズだ。参加者の意識が変わったというのが一番の理由だろうけど、話の内容が興味深いというのも大きいと思う。僕も勉強会でこれを習ったとき、これはすげー使えるな、一生モンのテクニックじゃん！と嬉しくなったから、なんか分かる。

「これから皆さんにお伝えするのは、パワハラを防ぐために必要な『アンガーマネジメント』、怒りをコントロールする術についてです」

アンガーマネジメントとは、直訳すると怒りの管理術。怒りという感情と上手に付き合っていくための心理トレーニングだ。１９７０年代にアメリカで生まれ、当初は犯罪者の矯正プログラムの一環として活用されていたものがだんだんと、一般社会を上手に生きていくための知恵やテクニックとして広まっていったものらしい。

「想像してみてください。あなたが部下をガミガミ叱っています。このときの、あなたの感情を一言で言い表すとしたら何ですか？」

参加者から何か声が上がることはなかった。だけど、その顔を見る限り、誰もがそれぞれ頭の中にひとつの答えを導き出していた。

「皆さん、怒りと答えられたのではないでしょうか。ですが、怒りというのは実は、第二感情であることが多いのです」

第二感情、または二次感情。あまり聞き慣れないその言葉に、参加者たちが身を乗り出す。怒りというのが二番目の感情であるのなら、第一感情、一次感情とは一体……。そんな好奇心が、自然と姿勢を前のめりにさせているんだろう。興味を持って聞いてくれている参加者たちの様子に、研修準備中の大変だったあれこれが全て報われていくような、そんな気がした。

「近年、多くの職場では、仕事量の急激な増加とともに、作業のスピード化が急速に進んでいます。その分、ミスしやすくなっているのに、ミスが許されなくもなっていて、結果として、働く人たちのストレスはどんどん大きくなっています。パワハラが生まれるのは、そのイライラが弱者に向けられたとき。

職場で発生する怒りというのは実は、過酷な仕事や劣悪な職場環境によって生じる、怖れや怯え、嘆き、悲しみ、孤独、虚しさといった第一感情が生み出した、第二の感情であることが多いのです」

勉強会でこれを学んだ日に僕は、過去ログの記憶をめいっぱい引き出した。誰かに怒りをぶつけられた、あるいは誰かに怒りをぶつけてしまった、苦い記憶たちだ。

そんな、本当はゴミの日にまとめて捨ててしまいたい記憶ばかりをギュウギュウに詰め込んである引き出しをえいやと開けて、僕が何をしたかと言うと、答え合わせだ。怒りをぶつけた、ぶつけられた、その時々の状況や相手の様子、自分の気持ちなんかを思い出して、ひとつひとつ答え合わせをしてみたのだ。

あのときの、僕の、あの人の、感情は、本当は何という名前だったのか。

そして、その答え合わせで、感情というのは目に見えているものとは違う顔を隠していることもあるのだと思い知った。

「ご自身が怒りを感じているとき、職場で誰かが誰かに怒りをぶつけているとき、その怒りの元にある第一感情は何なのかを一度考えてみてください。

そして、その第一感情をもたらしているのは職場のどんな点なのか。それを探っていくことで、必ずパワハラを防げます」

渋谷さんの右手が、ゆっくりとマイクを下ろした。

一瞬の静寂があり、雨音みたいな拍手が起こった。参加者ではなく、拍手したのは僕らだった。用意していたプログラムを全て終え、やっと終わった！と思ったら、自然と手を叩いていた。みんな同じ思いだったと見えて、打ち合わせにはなかった行動に顔を見合わせ、照れながら笑い合う。

そんな僕らを労うように、参加者からも拍手の波が起きた。なんと、スタンディングオベーション、拍手のビッグウェーブだ。

しかもやっぱり、一番最初に立ち上がったのは本日のお騒がせMVP、萬田部長だったりして、ああもう本当にこの人は……と目が点になってしまった。

全て終わった。やっと終わった。会場を出て行く参加者たちを見送りながら、その喜びを嚙みしめる。

そうしてようやく、参加者の最後の一人が出て行った。

急に広くなった部屋の中で、僕たちは放心した。僕や与田や真野さん、渋谷さんは抜け殻と化し、島田さんは真っ白な灰になっている。万丈さんは、いなくなったと思っていたら、全員に缶コーヒーを買ってきてくれた。その万丈さんも、十日前に最初の会合で顔を合わせたあの夜よりも、十歳くらい老けた気がする。みんな大変だったんだ。

そこへ、予告なくドアが開いて白衣の男が現れた。鏑矢だ。

何だよ、今頃のこのこ現れて。全部あの部屋で見ていたくせに。

長机に乗っけた顔をよいしょと起こし、チラリと横目で睨んだ僕に、邪悪な神は仏のような慈悲深い微笑みを寄越してきた。

「遅い」

文句を一言に集約して言ってやった。すると、ふたつ並べたパイプ椅子に沈んでいた渋谷さんが、ハッと雷に撃たれたような動きで立ち上がった。

「そうだ、言うの忘れてた！」

そして、ハラスメント相談室のみんなに、鏑矢が研修会場にいなかったのは、あらかじめ相談して決めてあったことだと裏を明かした。

「会社の序列ピラミッドの頂にいる方々と、数のパワーで勝る平社員軍団に挟まれて、中間管理職というのは意外と辛い立場ですからね。頑張ってハラスメントを防いでもらうには、まずは彼らにもガス抜きというのが必要なんです」

ガス抜き!?　鏑矢の説明に啞然とした。

言われてみれば、おかしな点が他にもあった。最初から一堂に会する前提で話が進んでいたから今の今まで気づかなかったけど、仮想会議室を使っているのだからリモート研修も可能だったはずだ。まさかそれも……と突っ込むと、やっぱりそうだった。

「真っすぐにハラスメント問題に取り組んでもらうために、まずは最初に立場を同じくする人同士で互いの辛さを分かち合って、駄々をこねて、溜まりに溜まったストレスを発散していただきましょうって鏑矢先生の提案でね、リモート研修はナシにしたの。おかげさまで無事に終わりました。ありがとうございました」

「いえいえ天晴《あっぱ》れ、お見事でした。計画通りでしたね、渋谷さん」

「大成功です、鏑矢先生」

鏑矢と渋谷さんが、ムフフと悪い顔で笑い合う。

「け、計画通り……」

お代官様と越後屋の悪だくみのような顔にゾゾゾと震えた。

人間というのは白衣を着た「先生」になぜだか弱い。あのアクの強い管理職軍団でも、それはきっと同じ……いや、ストレスの多い管理職だからこそ余計に、産業医には弱かったりもするかもしれない。もし、その白衣の先生が会場にいたとしたら――

萬田部長はおそらく、あんな子供じみたチャチャなど入れてこなかっただろうし、桃井課長だって長年胸に秘めてきた悲しい思いを披露できなかったはずだ。

やけにスッキリした表情でこの部屋を出て行った彼らの顔を思い出す。

なんだよ、全部そういうことか。

つまり、管理職軍団はこの邪悪な神の指揮棒に踊らされ、あの大人げないダンスを舞ってみせただけ。全ては神の思《おぼ》し召しだったわけだ。

なのに、渋谷さんのピンチを救うために立ち上がった勇者気取りで、二メートル横へ蟹歩きで移動したりして……。僕は自分のかっこ悪さに赤面しつつ、さっき立ったばかりの椅子にへなへなと腰を落とした。

すると、僕の心はガラス張りにでもなっているのか、渋谷さんがこんなことを言い出した。

「でも、あのときは嬉しかった。予定通りとは言っても、やっぱりメンタルにグーパンチ受け続けて泣きそうだったし。ありがとね、杉崎くん。……と与田くんも」

なんだか照れくさくて、首を振るしかできなかった。

「もって……オレ、オマケっすか？」

与田が拗《す》ねているのを見て、みんなが笑った。これでやっと、全部終わった。やり遂げた。みんなの笑顔がそう言っていた。その顔を見ながら、なのに僕だけが一人、違うことを考え始めていた。

私を脅迫してたのは、杉崎さん、あなただったんですね。

鷲尾さんのあの言葉が、僕の耳で再び息を吹き返す。いや、本当はずっと消えずに、余音《よいん》のように頭の中にこびりついていた。その声の奥で、あの日と同じクラクションが鳴っている。

鷲尾さんは、誰に脅されてたんだろう。何て脅されてたんだろう。

その答えにたどり着くことができれば、きっと山田さんを救うことだってできるはずだ。

「渋谷さん……って言うか、皆さんに」

飲み終わった缶コーヒーの空き缶を島田さんが回収し終わったのを潮に、さて我々も引き上げますかという空気が流れ始めた会議室で、僕はハラスメント相談室のメンバーと鏑矢を前にこんなことを願い出ていた。

「まだ勉強会を始めて間もないし、ハラスメント研修もまだ第一弾の管理職向けが終わったばかりで何なんですけど……ひとつ、やらせてほしいことがあります」

全員が足を止め、僕を振り返った。

「定年以外で辞めた人たちは、なぜこの会社を去ったのか。その理由を知ることは、現在やこれからのハラスメント防止に役立つ。この間の勉強会でそう学んだと思うんですが……」

先日の会合で今後の活動方針を話し合ったその後に、渋谷さんが参加している社外のワークショップで学んだことを僕らにシェアするかたちで勉強会も行った。その中に、退職者への退職理由の聞き取りという取り組みを行って、職場が長く抱えてきた問題の解決に成功し、退職者が激減したという事例があった。

「僕に、退職者を対象とした退職理由の聞き取り調査をやらせてもらえませんか」

戸惑い顔のメンバーたちに、僕は理由を告げないまま、頭を下げた。

「お願いします！」

朝見ると、やけに眉毛が伸びていた。驚くくらいに伸びている。

いや、眉毛は眉毛なんだけど、僕の目の上にある僕の眉毛のことじゃない。この会社で僕が作っている生活情報記事のうち、「池袋の眉アートメイクおすすめクリニック10選」といった、エリア別アートメイクが受けられるクリニック紹介記事のＰＶが、今日になって急激に伸びていた。特に「メンズアートメイクが受けられるおすすめクリニック」シリーズがすんごいことになっている。

アートメイクは皮膚の比較的浅い層にインクを入れる、持続性のある落ちにくいメイク技術で、日本では医療施設でしか施術できないことになっている。メニューはアイラインやリップカラー、ホクロなどもあるけれど、圧倒的にニーズが高いのはやはり眉毛だ。

医療脱毛と同様に技術が進化したことで、アートメイクはこのところ、女性はもちろん男性にもブームが広がっている。けど、ＰＶがこれほど爆発的に伸びたのは今回が初めてだ。

一体何が起きたんだ。調べてみると案の定、女性だけでなく同性のフォロワーも多い美容男子が昨日の夕方、「アートメイクで理想の眉になってみた」という体験動画をアップしていた。いきなりＰＶが伸びたときはほとんどが、テレビかインフルエンサーきっかけだ。

「先輩の眉毛、すっげー伸びてるじゃないっすか」

与田が椅子ごとこっちへ寄ってきた。

「やっぱ先輩と言えば毛っすよね」

「毛、言うのやめろ」

「ケケケケケ」

「や・め・ろ」

いつものように肘で肘を押し返す。だけど、今日はいつもよりも悪い気はしなかった。

「けどまあ、ラッキーだったよ。このジャンル、今日まさに大量投下するとこだったし」

都内主要エリアのおすすめは先行で公開済みで、今日は続いてそれ以外のエリアの男性向けアートメイクおすすめクリニック記事を一斉に公開する予定になっていた。

特に、女性客の目を気にすることなく施術を受けられるメンズアートメイク専門のクリニックだけを集めた記事は、けっこうなニーズがあるんじゃないかと見込んでいる。

男が自分の見た目を気にするのは、大体にして女性の視線が気になるからだ。だから見た目をアゲるために行く場所で、女性の視線にさらされるのはゼッタイ避けたいはずなのだ。脱毛にしてもアートメイクにしても、男は男の、男だけの専門店が必要だ。少なくとも僕は、その手の場所で山田さんに出くわしたら……と想像しただけで、気を失いそうになる。

管理職向け研修のあの日から、今日でちょうど一週間が過ぎていた。準備までがあまりに大変だったから、その後の勉強会はいったん休止。来週再開の予定になっている。

結局あの日、退職者への退職理由の聞き取り調査をやりたいと訴える僕に、賛成してくれる人はいなかった。

今は在職者への研修を優先するべきではないか。それがメンバー全員の一致した意見だ。ただ、その中で渋谷さんがこんな風に言ってくれた。

今日はみんな疲れてるし、次の勉強会までにゆっくり考えて、自分の意見を整理してきたらどうかな。そのときにあらためて、どうするか話し合いましょ。

渋谷さんのおかげで完全却下は免れた。けど、判決が出るまで動けないのは痛かった。山田さんの契約更新は、いつが締め切りなんだろう。焦りばかりが膨らんでくる。

与田とは、毎日何かしら言葉を交わしている。けど、この話題に触れたことは一度もなかった。与田が何か言い出すこともなかったし、僕からも話を持ち出すことはしなかった。何て言うか、他のメンバーがいないところで話すのは、ロビー活動みたいでフェアじゃない。そんな気がした。

「よし、いざ公開」

全てチェックを終えた、男性向けのアートメイクおすすめクリニック記事を、広大なネットの海に解き放つ。

「そっちは？　どう調子は」

与田に振ると、いい感じのネタを見つけたところだと、ゴキゲンな返事が返ってきた。

「先輩、スキサケって知ってます？」

繰り出された四文字に、飲みかけの珈琲《スタバ》をブハッと噴きそうになった。

まさか、コイツにバレている？　心臓がバクバク音を立てていた。鏑矢が全部ペラペラ話したとか？　いやいや、あんだけ守秘義務ガー守秘義務ガー言ってんのに、僕のスキサケにだけ守秘義務を放棄するなどあってたまるか！　頭の中に渦巻くそんな叫びに飲まれそうになりながら、必死にいつもの自分を取り繕う。

「え、ナニソレ。そんなの全然知らないけど」

言いながら、最後ひっくり返った自分の声に、心臓が木っ端みじんに吹っ飛びかけた。

「え、先輩スキサケ知らないんすか。好きっていう自分の気持ちを相手や周りに知られたくなくて、過剰に相手を避けまくったり、嫌な態度を取りまくったりするっていう、なーんか中二病的なヤツなんすけど」

言われなくても全部知ってる情報を、与田がヘラヘラ笑いながら僕に伝授してくれた。へー、と無関心を装いながら、「スキサケはそんな生易しいモンじゃない。好きという気持ちが高まりすぎて、脳が相手を強大な敵だと思い込み、体が勝手に相手から逃れようとしてしまう、とてもやっかいな症状だ。しかも有効な治療法は、未だ発見されていない」と言ってやりたい気持ちになった。

「どんだけ好きを拗《こじ》らせてんだよって、もう全ッ然、理解不能じゃないっすか？」

ゲラゲラ笑いながら、最後はヒィーッと引き笑いまで始めた与田に、お前には一生理解できないだろーな！と心で叫ぶ。

「面白いから、スキサケで何か一本書いてやろうかなって思ってるんすけど。先輩、何かないっすか、スキサケ体験談」

「ない」

ソッコー返した。本当は「お前に話してやってもいいと思える程度のスキサケ体験談などひとつもない」が正しい。

この話題から逃れるために、いっそトイレに立とうかとも考えた。けど、与田はすぐにスキサケの話題に飽きてしまったらしく、一緒に昼でもなんて誘ってきた。挙げてきたのはオーガニック野菜のサラダがてんこ盛りになった、僕が青虫メシと呼んでいるワンプレートランチが人気のカフェだ。

「悪い。今日は肉々しいヤツ食いたい気分」

与田が行先を変更しないことなど承知の上でそう言った。オーガニック野菜だのカフェだのという時点で今日も女子と約束してるに決まってるし、僕を誘うということはたぶん一対一じゃなく、複数女子とのハーレムランチだ。

「最近、先輩が冷たくて……。これってスキサケ？　キライサケなら悲しいな」

与田がふざけて女みたいな声を出したがスルーした。与田は女になってもやっぱり軽い。

「じゃあ、また今度ー」

「悪い」

以前なら、断る前にまずはメンツを訊いていた。恋愛感情がなくたって、可愛い子ならとりあえずは行ってみるかってスタンスだった。けど、スキサケの発症と同時にそういうやる気はどこかへ失せた。それに、その手の誘いにホイホイ乗るような男だと、山田さんには思われたくない。

「じゃあ、昼行ってきまーす」

与田が元気に席を立つ。行ってらっしゃい、と顔を上げたとき、今日初めての警報が鳴り出した。山田さんの接近を僕の脳が僕に知らせる、名付けて「緊急山田さん速報」だ。

緊急地震速報は空振りのことも多いけど、緊急山田さん速報は今のところ一度も外れたことがない。けたたましく警報が鳴り響いたときは漏れなく、山田さんの脅威がすぐ間近に迫っている。

僕の目が、こっちへ歩いてくる山田さんをキャッチした。また対面席の住人が山田さんを呼びつけたのか。ったく、いい加減にしてほしい！　と思っていたら、違っていた。

対面席の住人は、さっき昼に出掛けてしまって留守だった。なら、山田さんは一体どこへ……。

歩いて来る彼女の顔を見た瞬間、視線がガシッと繋がった。途端に体が硬直し、身動きひとつできなくなる。

僕の視線を捉えたまま、山田さんがこちらへ小さく会釈する。確信した。山田さんは、ここへ向かっている……！　目的地は、この僕だ！！！

そう思った瞬間、与田の名を叫んでいた。

「え、何すか、先輩」

「行く、一緒に連れてってッ！」

引き返して来た与田にすがりつくように、何とか僕は視線を逸らし、席を立った。なおも接近中の敵から逃れるべく、早足で席を離れる。

山田さんの目的地は、本当に僕だったのか。振り返って確かめるなんて、そんなことできるわけがなかった。一歩一歩、進むごとに自分への嫌悪がすくすく育っていく。

「あ、もう着いちゃってる？　遅くなってゴメンねー、杉崎先輩誘ってた」

セキュリティドアを抜けるとすぐに、与田がスマホを耳に当てていた手をスマホごとひょいと挙げた。それに応えるように、エレベーターホールにいる女子二人が笑顔を見せる。どちらも顔は知っていた。例の山田さん歓迎ランチ御一行様のテーブルにいた、山田さんと同じ派遣元から来ているハケンさんたちだ。

そのうちの一人は、鷲尾さんと一緒にいるのを何度か見かけた記憶があった。もしかしたら彼女なら、鷲尾さんから何か話を聞いてるかもしれない。

「ありがとな、与田」

思わず言っていた。

「え、マジすか。うわ、早く言ってくださいよ」

何か勘違いしたらしい恋愛マスターが、肘でクイクイ押してきた。けど、そんなのどうでもよかった。

肩までのゆるふわパーマの茶色い髪に、いつも体型がよく分からないオーバーサイズの少女趣味な服を着ている、ちょっと垂れ目で色の白い子。この子の名前は何だったたっけ。

鷲尾さんを脅迫してたのは誰なのか。その謎を解く鍵をくれるかもしれない彼女の名を探して、頭ん中の名簿をパラパラめくってみるけれど一向に思い出せない。

「で、どっちなんすか？」

「あの色の白い子、名前何て言ったっけ」

「野原智佐《のはらちさ》かあー」

そうだ思い出した、野原さんだ。

「了解。先輩、任せてください」

勝手に勘違いして、勝手に任務を請け負った与田の采配で、僕は三分後、野原さんと二人でカフェのテーブルを囲んでいた。料理を注文した後、与田がもう一人の黒髪ショートの女子を隣の花屋へ連れ出してくれたおかげだ。

「そこの花屋で似合いそうな花を一輪選んで買ったげる。今月誕生月だって言ってたじゃん？ささやかだけど、バースデープレゼント」なんて黒髪の子に言い出したときには、ドン引きを通り越してうっかり与田を尊敬しそうになってしまった。さすがは恋愛マスター。僕にはとてもできない芸当だ。

「前に校正校閲室の山田さんの歓迎会で一緒だったの、覚えてます？」

与田の姿が見えなくなったテーブルで、言おうとしたセリフを先に出された。

「あ、もちろん覚えてます。野原さんですよね。あのときは突然お邪魔してしまって……あ、今日もか。なんか、いつもすいません」

恐縮する僕に、野原さんはクスクス笑いながら首を振った。

「杉崎さんのことはよく、与田さんからお話を聞いてます」

どんなお話を聞いてるんだか。どうせロクな話じゃないと思っていたら逆だった。

「すごく尊敬できる人だって」

上気したようなその顔に、もしかしたら野原さんは与田に気があるのかなという思いが過ぎった。だったら悪いことをした。与田が黒髪ショートカットの子を連れ出して、きっと内心しょげてるに違いない。

だけど、僕はその申し訳ない気持ちをそっとテーブルの隅に追いやると、すぐに本題を切り出した。花一輪買うのにどれくらい時間がかかるのか知らないけど、そんなに余裕はないはずだ。この絶好のチャンスを無駄に終わらせるわけにはいかない。

「野原さんて確か、鷲尾さんと親しかったですよね」

野原さんの笑顔がぎこちなく固まった。

ふいに訪れた会話の途中の沈黙を、フランスではアンジュ・パッセ——天使が通った、と表現すると聞いたことがある。だけど今、目の前を通り過ぎたのは、きっと天使なんかじゃない。もっと不穏な何かに思えた。

「会社に慣れるまでは、よく一緒にお昼を食べてました。同じ派遣会社というのもあって、いろいろ教えてもらったりしてたので……」

この人は、何か知ってる。直感的にそう思った。テーブルに置いた白い手を、野原さんは祈るみたいに組んでいた。なぜだか僕はその手の中に、彼女が何かを隠しているような気がしてならなかった。

「鷲尾さんが何で辞めたのか、ちょっと気になってて。野原さん、いつも鷲尾さんと一緒にいたから、何か知ってるかなって」

明るく話しながら、首筋をつうと一筋、汗が流れ落ちた気がした。おそらく僕は日本一、探偵には向いてない。

「あ、与田から聞いてるかもですけど、僕も与田もハラスメント相談室のメンバーになったばっかりで。辞めた人の退職理由を参考に、労働環境を改善していければ、なんて考えていて……」

このカフェへの移動中に急いで用意した言い訳を、僕は笑顔で並べてみせた。だけどその間もずっと、野原さんはテーブルの一点を見つめたまま、僕を見ようとしなかった。

用意していた言い訳は、すぐに残らず出し切ってしまった。弾切れとなった僕は黙り込むしか術がなく。何か別の手はないかと頭をフル回転させたけれど、思いつくより先にカフェの窓の向こう側に戻ってくる与田と黒髪ショートの二人が見えた。時間切れだ。

と、思った矢先、野原さんの唇が何かを言いかけて小さく動いた。胸の奥の焦りを抑え、その唇の間から覗いている言葉が外へ出てくるのをじっと待つ。

「あの子とは友達だから」

与田と黒髪ショートの子がドアベルを鳴らして店に入って来た。

「だから…………これ以上は言えません」

僕の隣に与田がどっかと腰を落とした。バラによく似た赤い花を手に、ショートカットの子が嬉しそうに笑っている。その隣で野原さんが、はしゃいだ声で何か言った。僕は笑顔で彼らを見てたけど、話はほとんど聞いてなかった。

さっき野原さんが言った言葉を巻き戻し、頭の中で再生する。

あの子とは友達だから。だから…………これ以上は言えません。

野原さんはきっと、鷲尾さんが何者かに脅迫されていたことを知っている。おそらくは、その脅迫内容も。そう睨んだ僕の直感は、たぶん間違ってないはずだ。

けど、野原さんは結局、何も教えてはくれなかった。

友達だから、知っていても他言はできない、友達の秘密は守る——か。

そう言われてしまっては、もう僕にはどうにもできない。なりたてホヤホヤの卵でも、一応はプライバシー保護を第一に考えなければならないハラスメント相談室のメンバーだ。

迂闊に暴き立てたりしては、脅迫というパワハラの被害者である鷲尾さんに二次被害をもたらすことにもなりかねない。

それに、僕に話したことがバレたりしたら、野原さんと鷲尾さんの関係にヒビが入るかもしれないし、野原さんは罪悪感を背負《しょ》い込むことになってしまう。

会社に戻ってエレベーターホールでの別れ際、野原さんが小さく「お力になれず、すみませんでした。でも、もう鷲尾さんには会うこともないと思います」と言うのが聞こえた。振り返ると、彼女はもう背中を向けて、自分の席が待つドアへ歩き出していた。僕も諦め、自席へ戻る。

先に席に戻っていた与田は、僕の浮かない顔をうまくいかなかったのだと読んだらしく、野原さんとのことをうるさく訊いてはこなかった。

仕事を再開すべく、パソコンを昼寝から起こす。と、社内ポータルのチャットに新しいメッセージが届いていた。開いて見る。と、いきなりその名が目の中に飛び込んできた。

差出人名は山田美咲。届いていたのは、僕の「おすすめ除毛クリーム20選」の中に問題が見つかった、という業務連絡だった。

その除毛クリーム比較記事は、各商品の使用可能な部位が一目で分かる表を載せ、腕や脚だけでなく顔やＶＩＯといった箇所にも使えるかどうかを一覧で紹介していた。山田さんのメッセージによれば、どうもその内容が一部、商品のメーカー公式ホームページと合致していないらしい。もしかすると、メーカー公式の使用上の注意ではなく、一般ユーザーの口コミを情報源として執筆しているのではないかと書いてある。

嘘だろ。ゾッとした。

この記事は、新規の取引先である制作会社に発注した一発目の仕事だった。もちろん、うちの規定をまとめたルールブックはデータで最初に渡してあるし、特に注意してほしい事柄として、メーカー発表と違う使い方を載せるのは避けてほしいと打ち合わせでも念を押しておいた。

それでも、新規の外注先ではたまに、この手のトラブルが起きてしまうことがある。

紙で育った世代の制作マンはよく、ウェブになってライターやデザイナーの質が落ちたと言うけれど、ウェブになったことで落ちたのは、質より先にギャラの方だ。

ウェブ黎明期、まともな制作費が出ないため、印刷媒体で活躍していたライターやデザイナーでウェブの仕事を進んで請ける人は少なかった。だから自然とウェブライターのほとんどが、学生や主婦のバイトやフリーターになっていった。当然、その道のプロと同等のクオリティなど期待できない。それでも、ギャラが違うと言われてしまえばそれまでだ。

ウェブと紙の立場が逆転した今は、広告はもちろん、編集記事もプロの手による質の高いものが増えている。が、それはやはり一部であって、今もウェブにはバイトやパート感覚のライターさんが書いた拙い文章《テキスト》があふれている。その手の記事に、いちいち厳しいジャッジを下していてはこの仕事はやっていけない。そんなことは分かってる。

けど、これはさすがに看過できない。個人のブログやＳＮＳなら見逃してもらえても、うちのような会社がやったら、下手すりゃ大問題だ。

例えば、読者がこの記事を信じて、デリケートゾーンにその商品を使用したとする。それで炎症でも起こされたら訴えられても仕方ない。信用が一気に地に……どころか、奈落の底まで転落してしまう可能性だってある。

全てをチェックしてはいませんが、少し気になっていくつかの商品データを調べてみましたところ……。山田さんはそんな書き出しで、問題点を丁寧に説明してくれていた。校正校閲室では普通、データ欄までひとつひとつ検証はしてくれない。各記事を制作会社でチェックして、間違いないと確認してから納品するというルールになっている。

細かい箇所をいちいちチェックしていたら、校正さんは目標本数をとてもこなすことができなくなる。だから、何か気になって細かい確認をしようと思ったら昼休みを削って調べると、以前、他の校正さんに聞いた話を思い出した。もしかしたら、山田さんも……。

すぐにでも謝りたかった。もしかしたら昼休みにタダ働きさせてしまったのでは、それならば本当に申し訳ないと、直に話して伝えたかった。ありがとう、助かりましたも伝えたかった。与田ならきっとチャンスとばかりに、よければ今度食事でも……なんて、お詫びにかこつけて誘ったりもするだろう。

だけど、僕には何もできなかった。スキサケだけが理由じゃない。今、僕がやるべきことは、上への報告と、この制作会社が納めた記事の進行をいったん全てストップすること。それから先方の担当者に状況を伝えて、今後のことを決めなくては。

ありがとうございます。ご指摘の件、お手数をおかけしました。取り急ぎお礼まで。

その一行だけを返信すると、僕は急いで桃井課長のデスクへ向かった。

渋谷駅に続く道はすっかり暗くなっていた。

あれから僕はトラブルを課長に報告し、すでに校正校閲室に回っていた例の新規取引先の全ての記事の進行を停止。先方に連絡した直後、電車に飛び乗っていた。担当者が渋谷駅ビルの喫茶店で打ち合わせ中と聞き、居ても立ってもいられなくて、その打ち合わせ場所へと向かったのだ。

打ち合わせを終えた担当者をその場で捕まえ、状況を説明した。記事を書いたライターさんに確認してもらうと、やはり山田さんが推測した通りだった。各商品のメーカー公式ホームページで確認したものもあるけれど、口コミサイトや個人のブログに書かれていることを鵜呑みにして、各部位への使用可否を判断していたと言う。ライターさんは大学生で、このバイトを始めたばかりだった。

全記事を差し戻し、全てチェックし直した上で再度納品を。そうお願いした僕に、先方がどこか不満の色を滲ませたような返事を寄越してきたものだから、僕はつい声を荒げた。

「きちんとチェックしたものを納品していただく約束でしたよね。うちの校正が拾ってくれなかったら、どうなってたと思ってるんですか！」

言ってしまった後でハッとして、キツイ言い方になってしまったことをすぐに詫びた。だけど、こうして駅への帰り道でも絶え間なく、後悔のため息が続いていた。

アンガーマネジメントを学んだことで、もう今後の人生は、怒りに支配されるなんてないものと思ってた。だけど、感情って生き物は、そうカンタンに手懐けることはできないみたいだ。

戻りの電車の中で、スマホから課長への報告は終わらせた。だから、このまま直帰したって問題はないはずだった。けど部課長だけでなく、事業部みんなに心配をかけてしまった。そのことに気が引けて、もう人がほとんど残っていないはずの会社へいったん戻ることにした。

いつもの駅へ、いつもと違う電車に乗って、いつものビルのいつもの階《フロア》へ、いつもと違うルートで向かう。

とぼとぼと会社ビルの通路を歩くその途中、少し先の十字路を小走りで横切ってく渋谷さんが見えた。歩を速め、小さな背中が消えた脇道に出る。お疲れ様です、今帰りですか。早足で歩いて行く後ろ姿にそう声をかけようとしていた僕は、だけど言葉が出なかった。

渋谷さんの隣には、山田さんがいた。二人で何か話をしながらビルを出て行く。

その先に駅はなかった。帰り道で偶然一緒になっただけ、とは考えにくい。わざわざここで落ち合った。そうとしか思えない。だけど待ち合わせるには、なんだか不自然な場所だった。二人の接点もよく分からない。

僕はしばらく考えて、ひとつの答えを導き出した。こないだの管理職研修の後、ハラスメント相談室新設の挨拶と、相談員全員のプロフィールが掲載された社内報がポータルサイトで配信された。

相談の受付開始は準備が整い次第、追ってお知らせいたします。と書かれていたけど、相談員にコンタクトを取ろうと思えば、受付前でもできないことはない。今日、山田さんから僕にメッセージが届いたように、社内ポータルのチャットを使えば簡単に、社長にだってメッセージを送ることができる。

山田さんは、渋谷さんにハラスメント相談を寄せたんじゃないだろうか。それが、僕が見つけた答えだった。

「そっか……」

乾いた笑いが漏れた。

「だったらもう安心じゃん」

嫌味なんかじゃない。心からホッとしていた。良かった。本当に良かった。渋谷さんならきっとすぐに、山田さんを苦しみから救い出してくれるはずだ。

よし、と気分を変えて会社に戻ろうと踵を返すと、通路の端の銀色の円柱にぐにゃりと顔を歪めて映る、自分自身と目が合った。

何しょげた顔してんだよ。良かったとか、これで安心とか言ってるわりには元気がないな。それとも何か、お前は自分が山田さんを救えるなんて、まさか本気で思ってたのか？　スキサケのくせに。

目の前の自分に、そう言われたような気がした。

そうだ。どうやら僕は愚かにも、自分でも知らないうちに、自分が山田さんを救えるなんて、どこかで信じていたらしい。目からこぼれ落ちた涙にそう教えてもらうまで、そんなことにも気づかなかった。僕は、バカだ。

手の甲で涙を拭って会社に戻る。そのエレベーターのハコの中で、七階のボタンを押した後に行先を変更した。自分の中に充満している排気ガスみたいな感情を、ため息を、全部まとめて空に吐き出してしまいたかった。空っぽになりたかった。

屋上に出る扉の前には、クローズと書かれた札が立っていた。屋上の利用時間はもうとっくに終わっている。けど、もっと遅くまで扉が開いてることくらい、ここで働く人なら大体みんな知っている。

屋上は今日も風が吹いていた。その風の音に混じってまた、あの鈴の音がシャンと聞こえた。今度は迷わず朱い祠の方を見る。そこにはあの日と同じように、手を合わせて祈っている人がいた。社内一の美人で知られる端正な横顔に、思わず見とれて立ち止まる。

いかにも読者モデルとかミスキャンパスとか、そういう華々しい経歴がありそうなビジュアルなのに、誰かが訊いたら、そういうのは一切やったことがないらしく、女子社員たちが声を揃えて「もったいない」を繰り返してたのをぼんやりと思い出した。

「あれ、杉崎くん」

「んぐッ」

何をそんなに祈ってるのか。じっと見入っていた僕は、急にこっちを向いた京野さんに驚いて変な声を出してしまった。慌てて口を押さえたけれど、もう遅い。

「あ、えーと、実はこないだも、京野さんがここで手を合わせてるのを見かけて。そんときに初めて、このちっこい神社に気がついたんですけど。こんなん前からありましたっけ」

赤面してるだろう顔を冷やすみたいに手で扇ぎながら訊いた。京野さんは以前より化粧っけが薄くなった気がする顔で、「ある人にはあったけど、ない人にはなかったんじゃないかな」と、その眼差しを褪せた朱色の祠に向けた。

「だって、ここは悩みを抱えた人だけがたどり着ける不思議な神社だから……なんてね」

急にこっちを向いた顔は、いたずらっ子みたいに笑っていた。この人、こんな風に笑うんだ。

僕は小さな驚きをもって、目の前の笑顔を見た。もっと取っ付きにくい人かと思っていたけど、それは単に顔の印象による決めつけだったのかもしれない。

「この神社、私もずっと気づいてなかった。けど、悩みを抱えてたときに、ふと目に留まったの。今日はね、こうやってまた笑えるようになったお礼参り」

京野さんは華奢な首を傾げるように僕の顔を覗き込んだ。

「そんな不思議な神社にたどり着いたということは……もしかして、杉崎くんは最近何かお悩みかしら」

山田さんの顔が過ぎった。それを悟られないように、僕は笑って首を振った。

「そう言えば、ウーマン事業部に異動になったんですね」

京野さんが産休明けと同時にウーマン事業部に異動になったことは、ポータルサイトで配信される社内報で今朝知った。その中で京野さんは、不妊治療の末にママとなった経験を活かし、女性が生きやすくなるような情報を発信していきたいと抱負を語っていた。

「一年くらい前から、何度も異動の希望を出してたの」

「あ、遅ればせながら、ご出産おめでとうございます。けど、働くママさんじゃ忙しすぎて、やっぱハラスメント相談員なんて無理ですよね……って、すみません。実は自分も一度辞退して。

で、思い直して撤回しに行ったんですけど、そんとき、人事部でちょろっと小耳に挟んでしまって」

あの日、辞退を取り消すために人事部に駆け込んだ僕に、これで自薦他薦があった七人のうち辞退者が一人だけになった、良かったと担当者がポロリ漏らして、その辞退者は誰なのか、つい訊ねたら、これまたあっさりと、京野さんだと教えてくれたのだ。今思うと、あの担当者は少々口が軽すぎる。あれじゃ、とてもハラスメント相談の窓口なんて務まらないだろう。

「うん、私にはとても無理。でも、子供や家事が理由じゃないの。主人の実家のすぐ近くに暮らしてるから、家事や育児は十分すぎるくらいサポートしてもらえてるし」

じゃあ何が理由だったのだろう。訊いていいのか迷っていると、京野さんの方から教えてくれた。

「私には、何もできなかったから」

夜の風が京野さんの髪を揺らす。

「私、パワハラに遭ってたの」

驚いて京野さんの顔を見た。けれどその顔は、風に運ばれた黒髪に隠されてよく見えなかった。

京野さんがウーマン事業部に異動になる前にいた部署——それは、校正校閲室だ。

「でも、何もできなくて、毎日ここで祈ってた。〇〇《まるまる》さんを消してくださいって」

最後のフレーズに、一瞬背筋が凍りついた。だけどそれはそのまま、京野さんが抱えていた思いの切実さを物語っていた。ハラスメント相談室の初会合で目にした、あの実例集を思い出す。

深刻なハラスメント被害に遭った人が、行為者に消えてほしいと願ったとしても、無理もないことだと思う。

でも、一体誰が――
○○さんの中に入る名前を探して、あの島の住人を次々と思い浮かべた。その中の一人の顔に立ち止まる。あのチームで最も権力《パワー》を持っているのは万丈さんだ。いや、だけどあの人に限ってパワハラなんて、そんなの絶対にあり得ない。
だけど、ハラスメントに悩んでるっぽい山田さんも、何者かに脅迫されていた鷲尾さんも、パワハラに遭っていたと言う京野さんも、全員が、現在または過去に校正校閲室に身を置いている。

これは偶然なんだろうか。

「消えてほしいと願ってた、その人って……」

絞り出した問いかけに、京野さんは首を振った。

「離れることができたから」

言い切ったその顔は、終わったことだと告げていた。

そう言われてしまったら、ここから先はもう、僕が踏み込むべきじゃない。了解のしるしに、僕は静かに頷いてみせた。

異動によって行為者と離れたことで、京野さんは人知れずパワハラから抜け出すことができた。鷲尾さんはこの会社を去ることでパワハラから脱出した。そして山田さんは――渋谷さんがきっと、苦しみから救い出してくれるはずだ。

私にはとても無理。私には、何もできなかったから。

だからハラスメント相談室の相談員の話を断ったという京野さんのさっきの言葉を思い出し、やっぱり次の会合で、自分には向いていないと分かったとか、他にやりたいことができたとか、仕事との両立が難しいとか、何でもいい、何か理由をつけて辞めてしまおうと、そう決めた。

僕には何もできない。山田さんを助けることも、山田さんじゃない他の誰かを助けることも。

「神様は願いを叶えてくれたんですね」

そんな言葉で、僕は話を締めくくった。だけど、小さな祠を見つめる横顔は、独り言みたいに小さな声でこう続けた。

「神様……?」

五色の鈴緒を風が揺らした。

「私ね、私が祈っていたのも、私の願いを叶えてくれたのも、神様じゃなくて、違う何かだったんじゃないかって、そう思えてならないの」

ざわざわと何かが蠢《うごめ》く音がする。その音は背後の皇居の森じゃなく、自分の中から聞こえているのだと、理解するのにどれくらいかかっただろう。気がつくと、京野さんは僕の目をじっと見ていた。

「ねえ、杉崎くん。私は一体、何に祈っていたのかしらね」

僕は回答できなかった。もうとっくに閉鎖時間を過ぎてますよと、屋上の番人こと警備のおじさんに時間切れを言い渡されてしまったせいだ。

でも、もしおじさんが現れなかったとしても、きっと同じだったと思う。

下界へ降りるエレベーターで、監視カメラを見上げてみた。鏑矢は、京野さんの問いの答えを知ってるだろうか。

スマホで時間を確認する。鏑矢はもう、あの天国にはいない時刻になっていた。


すっかり遅くなってしまった。あの管理職研修以来となる会合の、開始時間をもう十五分も過ぎている。

けど、これでも仕事を抜けて、バタバタ出て来たのだから許してほしい。何しろ、山田さんのメッセージが届いたあの日から、例の制作会社に差し戻した原稿が再チェックを経て次々と納品されてきたものの、やっぱりあんなことが発覚した後で丸っと信用できるかと言ったらそんなのできるわけもなく。

だから僕は仕方なく、そうだ、本当に仕方なく、それらを自分でもう一度、隅から隅までしつこいくらいに見直した。もちろん、本来の自分の仕事も放り投げるわけにはいかない。なので僕はめちゃくちゃに働いて、働いて、働きまくった。この数日は、たぶん人生で最も忙しかったんじゃないだろうか。

けど、本当は分かってる。僕は仕事に、バタバタの中に、逃げ込んでいただけだった。山田さんのことも、鷲尾さんのあの言葉の意味も、京野さんの問いかけも、もう何も考えたくなかった。自分の無力に、向き合いたくなかった。もし、世界から山田さんが消えたなら、僕の世界は永遠《とわ》に平和だ。

「お疲れ様です」

会議室のドアを開けると、もうみんな揃っていた。

僕がやりたいと希望した、退職者への退職理由調査。その認否を話し合う前に、「その件はいったん撤回させてください」と言おうと僕は決めていた。続けて、今更ではあるけれど、ハラスメント相談室の相談員を辞退したいということも。

けど中は、それどころの騒ぎじゃなかった。島田さんの指揮の下、皆で慌ただしく、どこから運んできたスタンド式テレビモニターのセッティングに追われている。

一体何が始まるんだろう。訳が分からず突っ立っていると、スッと寄ってきた与田が声を潜めて教えてくれた。

「ついに出たらしいっす」

「何が」

「ハラスメント相談第一号」

渋谷さんと歩いて行く、あの夜の山田さんの姿を思い出した。

ああ、やっぱり。山田さんが人目を避けて渋谷さんと会っていたのは、ハラスメント被害を相談するため。僕の推察はずばり当たっていたようだ。

「しかも、セクハラです」

その単語に息を呑んだ。

「…………嘘だろ」

山田さんがセクハラ被害に遭っていた——

呆然とした。信じられなかった。いや、信じたくなかった。ショックだった。たまらなくショックだった。今までとは全く違う切実さで、あのハラスメント相談室新設ポスターの前に佇む山田さんの姿がよみがえる。

「ったく、犯人誰だよ」

与田の口調はいつものように軽かった。けど、今まで聞いたことがない舌打ちに、本気で怒っていると分かった。

山田さんがセクハラに遭っていた。犯人は、一体誰だ！

一般的に考えたら、真っ先に思い浮かぶ容疑者は、被害者の直属の管理者や先輩社員。けど、山田さんのボスは万丈さんだ、あり得ない。

なら誰が——その答えが、準備が整ったばかりのモニター画面に映し出された。

時を止めた画面の中に映っていたのは渋谷さんと山田さん、そして、萬田部長だった。

意外な答えに息を呑み、萬田部長と山田さんの接点を記憶に探す。部長はジョブ事業部の統括で、山田さんが身を置く校正校閲室は、どの部にも属さない技術者集団の特殊班。だけど校正校閲室は、萬田部長の席の近くに島がある。

萬田部長と山田さんを結ぶ線。それは、物理的距離の近さ。それしか考えられなかった。

今すぐに、画像の中の山田さんに手を伸ばし、この場所から安全なところへ連れ出してあげたかった。今もまだ、この画面に映る部屋の中に、山田さんが閉じ込められているような、そんな気がしてならなかった。

調停が行われたのは、おそらく会議室群があるこのフロアの一番奥まった場所に位置する会議室Z。予備の長机や折り畳み椅子、備品なんかの物置になっていて、普段使われることは滅多にない。

この会議室Zの保管物を隅に寄せて作られたスペースに、向かい合うようにテーブル一台ずつを並べただけの調停室は、この調停が急遽行われたものであることを物語っていた。おそらく他に空いている会議室がひとつもなかったんだろう。

渋谷さんと並んで座る山田さんのテーブルと、萬田部長のそれとの間は、一般的な会議よりも大きく距離をとってある。被害者の心情に配慮して、渋谷さんがわざとそうしたに違いない。それでも、画面の中で俯いたまま静止している山田さんにとっては、たったこれだけの距離でセクハラの行為者と対峙するのだ。どれほど不安で、どれほど恐ろしかったか。

画面の中の萬田を睨み、僕は拳を握りしめていた。今すぐ萬田を殴りたかった。めちゃくちゃに殴りつけてやりたかった。

「杉崎くん」

「先輩！」

渋谷さんと与田、二人の声が同時に聞こえた。見ると、もう全員が席に着いていた。すみませんと口ごもりながら、一番近くの最後列の席に座った。渦巻く怒りを抑えるために、ひとつ短く息を吐く。

「今日は急遽予定を変更して、このハラスメント相談室に寄せられた最初のハラスメント相談の調停ビデオを観てもらおうと思います。この案件は管理職研修の後に私の元に相談が寄せられ、先日すでに調停を終えています」

担当記事に大問題が発覚したあの日見た、二人の後ろ姿を思い出した。あの日が渋谷さんに相談した日なのか、それともあの日に調停が行われたのか。どちらかは分からないけど、山田さんはそんな被害の渦中にありながら、僕の担当記事の怪しい箇所を調べて、問題を報告してくれていたのか。なのに僕は――

「このビデオを相談室のメンバーとシェアすることは、ビデオに出てくる全員に了承を得ています」

なんて強い人なんだろう、と画面の中で俯く山田さんを見た。

勉強会でセクシャルハラスメントについて学んだときに、ハラスメントの中でも特に、被害者が被害を隠そうとするのがセクハラなのだと渋谷さんは言っていた。それから、本当はセクハラ被害なのに、モラハラ被害に話をずらして相談する人が多いという話も。

それほど、性的な被害というものは人に打ち明けづらいものだ。セクハラ被害をハラスメント相談窓口に持ち込むことはもちろん、このビデオをハラスメント相談室のメンバーが観ることを許可するだけでも、相当な勇気が要ったはずだ。

そんな山田さんにひきかえ――

僕は自分の臆病さを恥じた。それでもやっぱり、僕はとても怖かった。ビデオを観るのが、山田さんがどんなことをされていたのか知ることが、恐ろしくてたまらなかった。

ふと、ある言葉が心に浮かんだ。

ヴァジニティ。

高一の夏に読み、理解も共感もできなかった文豪の私小説に出てきた言葉だ。

そんな言葉を思ってしまった自分自身も殴りたかった。萬田と一緒にいっそ殴ってやりたかった。

「では、始めます」

渋谷さんの合図に、管理職研修のときと同じくノートパソコンの前でオペを担当する島田さんが頷き、ビデオの再生が始まった。画面の中の三人の、フリーズが解けて動き出す。

「本日は貴重なお時間をいただきありがとうございます。事前にお伝えしました通り、萬田部長によるセクシャルハラスメント被害の相談が、先日、ハラスメント相談室に寄せられました。これより、その解決を図るための調停を始めさせて……」

「セクシャルハラスメントとは何だ。そんな言いがかりを真に受けて、こんなところに呼びつけるとは！　バカバカしいにも程がある！」

萬田部長は濁声《だみごえ》の恫喝で、渋谷さんの説明を撥《は》ね除《の》けた。最後は激しく机まで叩き、新たなハラスメントを重ねる始末だ。山田さんがビクッと肩を震わせたのが画面越しにも伝わって、できることなら画面の中に飛び込んで、萬田の襟首を摑んでやりたい気持ちになった。

それはきっと渋谷さんも同じだったはずだ。だけど、画面の中の渋谷さんは極めて冷静沈着だった。

「言いがかりかどうかは、まずは寄せられた相談の内容をお聞きになってみてはいかがでしょう。ご安心ください、調停は公平に行われます。反論等、部長のご意見は後程きちんと時間を取って伺う予定でおりますので」

萬田部長は憮然とした顔で腕を組み、目を閉じた。後で反論できると知って、聞こうという気になったようだ。

「相談内容をお伝えします。萬田部長が毎日のように、以下のような発言を投げかけてこられることが耐えがたい、というのが相談者の訴えです」

ここで渋谷さんが声音を変えた。

「お、髪型変えたね。君は項《うなじ》がキレイだからアップにすると色っぽいねえ。お、その服似合うねえ、ピッタリした服はグッとスタイルが引き立つねえ。お、今日はこれまた一段と化粧がキマッてるじゃないか。花金《はなきん》だし、こりゃ彼氏とデートかな」

萬田部長はたっぷり「……《三点リーダー》」四個分ほどの沈黙の後、こう言った。

「…………は？」

予想外の展開に、僕も思わず自分の耳を疑った。セクハラと言うから、もっとすごく……何て言うか、その、もっとひどいことをされたものだと思い込んでた。だから、ようやく事態が飲み込めた瞬間、なんだかとても地味な被害にホッとした。心の底からホッとした。

けど、地味は地味でもセクハラはセクハラだ！　落ち着きを取り戻すと、また新たな怒りが湧いてきた。萬田の野郎、山田さんに毎日そんなことを言ってたのか！　許せん！

みんなはどう感じているのか。周囲を見ると、万丈さんは困ったような、どこか情けない顔をしていた。与田はあんぐりと口を開けたまま、目が点になっている。やっぱり男性陣は二人とも、僕と同じようにもっとハードな被害を想像してたみたいだ。

一方の女性陣を見てみると、皆しきりに頷いていた。共感の嵐だ。いつもぶっきらぼうで男より男前な印象の島田さんまで怖い顔で頷いているところを見ると、女性には説明不要で納得のいく訴えらしい。

「一体、これのどこがハラスメントなの」

萬田部長が呆れたように顔を歪めた。そこで、今までずっと俯いていた山田さんが顔を上げた。

「職場で〝女性〟として見られることが苦痛なんです」

毅然としたその声に、平手打ちを食らった気がした。

「私は、いえ、私たちは、職場に〝仕事〟をしに来ています」

往復ビンタだ。

職場で女性として見られることが苦痛なんです。私は職場に仕事をしに来ています。杉崎さん、あなたの恋愛対象にされるために来ているのではありません！

山田さんの言葉がそんな風にアレンジされて、僕の心にこだまする。

「いやらしい気持ちなぞ微塵もない！　頑張って身綺麗にして、殺伐とした会社に華を添えてくれてることを褒めてあげてるだけじゃないか！　こんなバカバカしいことに付き合っていられるか！　ハイ、終わり終わり」

部長が手を叩きながら立ち上がり、退室しようとしたときだった。渋谷さんが萬田部長の背中に向けてこう言った。

「山田さんは社長の姪御さんですが」

え？

頭の中が真っ白になった。そして一瞬で、山田さんは遥か彼方の宇宙の星より遠い存在になってしまった。山田さんは華麗なる一族のお嬢様だった。スキサケだろうとなかろうと、最初ッから砂粒ほどの希望もない、そもそも恋愛対象にできる相手じゃなかったなんて……。

そんな風にビビったのは僕だけではなかった。すでにドアに手をかけていた萬田部長はすぐさま、

「も、申し訳ありませんでしたーッ」

と見事なスライディング土下座で戻って来た。

そんな部長に渋谷さんが静かに訊いた。

「なぜ謝罪されるのですか。さっき部長はいやらしい気持ちはない、褒めてあげていただけだと仰っていたではありませんか」

萬田部長が床にこすりつけていた額を上げて、首を捻った。

そうだ、今の部長の咄嗟の行動は、サラリーマンには説明不要の感覚だけど、さっきまでの話とは理屈《ロジック》がまるで合わない。

渋谷さんは席を立ち、頭を上げてくださいと、部長の前に両膝をついた。

「ご安心ください、萬田部長。山田さんが社長の姪御さんだというのは真っ赤な嘘です」

え？　え？　どういうこと？？？

状況を受け入れるのに数秒を要した。つまり、山田さんは華麗なる一族の姫ではない？　そう理解した瞬間、思わず泣きそうになった。良かった。本当に良かった。スキサケであるこの身も忘れて、胸いっぱいに喜びのシンバルが鳴り響く。星になったと思っていた山田さんが、この地上に、狭苦しい会社のフロアに帰ってきてくれた。ありがとう、おかえりなさい、山田さん！

「そして、実は山田さんは、相談者でもなく協力者。私がお願いして、打ち合わせしたシナリオ通りに相談者役を演じてもらっていただけです」

は？　相談者ではなく？？　ただの協力者？？？

じゃあ、山田さんはセクハラ被害には遭ってなかったのか。分かった途端、張り巡らされていた緊張の糸が、一気に切れたみたいに身も心も弛緩した。

「なんだ、ただの小芝居か。じゃあ、この裁判は端《はな》から無効じゃないか！」

いつもの調子を取り戻した萬田部長の怒声が響く。

立ち上がった萬田部長は胸を張り、威圧感たっぷりに上から目線で渋谷さんを見下ろしている。さっきまで土下座していたとは思えない。何という変わり身の早さだ。

「実はこの調停は、相談者＝《イコール》被害者が誰なのかも不明です。このハラスメント相談は匿名のメールで寄せられました」

画面の中の渋谷さんが、部長の圧を受け止めたまま、真相を打ち明ける。

「ですが、匿名の訴えは職場の危機兆候《クライシスサイン》です。今回の件も、社内の女性社員に広く聞き取りを行ったところ、複数の……いえ、非常に多くの女性社員から、萬田部長に仕事以外を褒められることに苦痛を感じているとの回答が得られました」

「いやらしい目では見ていない！　だからセクハラじゃない！」

萬田部長が大きく吠えた。その威圧的な濁声を間近で浴びながらも、渋谷さんは一歩たりとも退かなかった。

いいぞ！　頑張れ渋谷さん！　萬田部長をギャフンと言わせてやれ！

「セクハラに当たるかどうかは、嫌だと思うかどうかがポイントです。嫌だと感じるときは、自分のことを性的な対象として見ているな、あるいは軽く見ているな、ストレス解消の道具や手段にしているな、という気持ちが根底にあります」

だけど、僕はすぐに気づいた。渋谷さんは、萬田部長をやり込めようなんて思っていない。勝ち負けなんて考えてない。

「先ほど部長は、いやらしい目では見ていないと仰いました。ですが、たとえそうでなくても、若い女性社員を軽く見ている部分はあったのではないですか。だから、社長の御親族だと聞いた途端に、態度を変えたのではないですか」

渋谷さんの中にあるのはただ、分かってほしいという強い思いだけなんだ。

「ハラスメントは、自分と異なる属性にある相手の気持ちには気づきにくいところから発生します。また、身内なら思いやれるのに他人となると……。もし、部長の奥様やお嬢様が、誰かから同じことをされていたらどう思われますか」

ふいに出された問いかけに、萬田部長がハッと打たれたように天を仰いだ。部長には中学生と高校生の二人の娘さんがいる。

「ご自身の大切な人がされたら嫌だと感じることはハラスメントになる可能性があると、どうかそのことを、心にお留め置きください」

萬田部長が急にシュン、と肩を落とした。

「……そんなつもりはないと思っていたんだ。だが、私は自分でも気づかないうちに、女子社員を子供扱いと言うか、一段低く見ていたのかもしれないと今気づいた」

それを聞いて、渋谷さんは深く腰を折った。

「部長なら、きっと理解してくださると信じていました」

そして顔を上げると、渋谷さんはこう続けた。

「ご家族に置きかえて考えていただいたのは、それがハラスメント問題に関する現場でよく用いられる方法であり、行為者に自身の問題点を理解してもらいやすいやり方とされているからです。ですが、私はこの方法を使わなくても済むように、誰もが誰かの大切な存在であったり、尊重されるべき存在なのだという認識が、当たり前の世の中になればいいと願っています」

渋谷さんの言葉に萬田部長は大きく頷き、まずは自分が変わることから、社内の意識改革を進めていくと宣言し、調停室を出て行った。

画面の中の渋谷さんが、「怖かったぁ」とへなへな床にへたり込む。

「大丈夫ですか、渋谷さん！」

思わず、今ここにいる渋谷さんに言っていた。すぐにアレ？と思ったけれど、他のメンバーからも同じように声が続いた。そして、もう大丈夫だと笑う渋谷さんの健闘を、僕らは思い思いの言葉で称え、最後には拍手を贈った。

そんな僕らに渋谷さんは、今回の事例の他にも、コミュニケーションとして肩や背中をポンと叩く、心配して「彼氏と何かあった」と訊くなど、良かれと思って悪気なくやってしまうけれどセクハラになる可能性のある言動について、例を挙げて説明してくれた。

「オレ、それほぼ全部、毎日やっちゃってました」

与田が両手首を合わせて前へ突き出す。セクハラの罪でしょっ引《ぴ》かれるのポーズだ。皆が笑った。渋谷さんも笑いながら、だけど与田の場合は無罪の可能性もあると、詳しく解説してくれた。

「同じ言動でも、嫌だと思うか思わないかでセクハラになったり、ならなかったりするのがセクシャルハラスメントの難しいところなの。誰が言うか、誰がするかで全く違う。それに、同じ人からの同じ言動でも、関係性が変われればセーフだったのがアウトになったりもするわ。例えば、付き合っている間や好きだった時はむしろ嬉しかったのに、別れた後や嫌いになってからだと完全アウトになるとかね」

与田がひえーっと頭を抱えた後、小学生みたいに手を挙げた。

「ハイ、先生」

「はい、与田くん」

「愛の告白もセクハラになりますか？」

ドンと大きく心臓が跳ねた。けどすぐに、それは自分には関係のない罪状だと自分に言い聞かせた。スキサケでまともに話もできないのに、告白なんて永遠にできるわけない。

「そうね。仕事関係者に恋愛感情を抱くことはセクハラのリスクを伴うわ。実際に……」

渋谷さんが解説しているその途中で、ノック三回、ドアが開いた。白衣を纏った鏑矢が、いやぁ仕事で遅れて申し訳ないと、息切れしながら入って来る。邪悪な神のお出ましだ。

鏑矢は、僕の真向いの席に着くなりさっそく〝観察〟を開始した。いつものように大きく見開いた目で僕の方をじっと見ている。

白衣のポケットから電子指揮棒《タクト》が覗いていた。気をつけろ、この男が振っている見えない指揮棒に踊らされるな！　僕は自分に言い聞かせるとともに、相談室のメンバーに注意喚起の思念を送った。

「果たして愛の告白は、セクハラに当たるか否か」

興味深いテーマに、皆がテーブルに身を乗り出す。

「それについては実際に、２０１６年に東京地方裁判所でセクハラ行為と認定された事例があるの」

何ともつかないため息が、いくつも漏れ出るのが聞こえた。そのひとつは僕の口からこぼれたものだ。

「でも、だからといって全ての恋愛感情がセクハラになるとは限らない。ですよね、鏑矢先生」

渋谷さんに話を振られた鏑矢が、僕に視線をロックオンしたまま口を開く。

「単純接触効果、いわゆるザイアンス効果と言って、最初は興味・関心がなくても、何度も繰り返し接触を重ねるうちに、興味や関心、好意を抱きやすいものですからね。同じ空間にいる時間が長い職場の人に好意を持つのは、人間として至極当たり前の感情です」

だから大丈夫だと言わんばかりに、慈悲深い目で頷く鏑矢に、僕はたまらず横を向いた。と、与田がスマホのアプリを立ち上げて、鏑矢の話をメモっているのが目に入った。たんじゅんせっしょく効果、さいざんす効果と書いてある。が、そのまま放置した。

「ですが、真剣であればあるほどアプローチを頑張ってしまうものですし、頑張れば頑張るほど、相手にとっては深刻なセクハラになってしまうこともあります。突然のキスも、懐かしの〝壁ドン〟も、伝説の〝俺じゃダメかバックハグ〟も、好きな相手だと胸キュンときめきシチュエーションですが、好きでない場合は恐ろしいセクハラ行為。人生において、恋ほど努力が報われないものはないですからねえ。ねえ、杉崎くん」

鏑矢は、僕への呼びかけで話を締めた。

黙れ、邪悪な神め！　心で言って鏑矢を無視すると、僕の意識はすぐに別のところへ飛んでいた。

結局、今回の件で相談者じゃなかったのなら、山田さんが抱えている問題は一体何なんだろう。

ハラスメント相談室新設ポスターの前に佇む彼女の姿は、何かを思いつめていた。山田さんがハラスメントに悩んでいるということは、鏑矢のでまかせでも、僕の思い過ごしでもないはずだ。山田さんは本当にただの協力者なのか。本当は、別件の相談を受けているんじゃないだろうか。そんな疑念が心に湧いた。

けど、それをどう訊けばいいのか。プライバシー保護のこともあるし……と迷っていると、万丈さんの手がゆらり、揺れるように上に挙がった。

「山田さんは、他に何か相談をしていませんでしたか。いや、彼女は校正校閲室のメンバーですから、気になりまして」

渋谷さんは、山田さんからは何の相談もなく、本当にただの協力者だと断言した。

「この相談が匿名で届いた日に、偶然見かけてしまったんです。萬田部長が山田さんを褒めている、まさにその現場を。で、その日のうちに彼女に協力をお願いした、という訳です」

そうか、相談者ではないけれど、山田さんも被害者の一人ではあったのか。あらためて、萬田部長に怒りが湧いた。

「山田さん自身は、萬田部長は困った人だなと思ってはいたけれど、苦痛とまでは感じていなかったと言ってました。あまり相手にはしてなかった感じでしたね」

女性陣から小さな笑いが起きた。共感しきりといった様子だ。

「そうですか。何か悩んでいるのかなと思っていたところだったので……。前任者が短期間で辞めてしまったこともありますし、職場に問題点があると分かれば、すぐにでも改善したいところなんですが……。まあ、とにかく、山田さんがセクハラ被害に苦しんでいたわけではないと分かって安心しました」

句点代わりに安堵のため息をひとつ吐いて、万丈さんは発言を終えた。俯いたその顔は、こけた頬の陰影がいつもに増して濃く見えた。

「あの」

僕は沈黙の中に声を投げた。

「先日、希望していた退職者への退職理由調査の件ですが……」

全員の視線が一斉に向けられた。その視線を受け止めてから、僕はゆっくりと立ち上がった。

何もできない自分は嫌だ。だけど――

何もしないでいるのは、もっと嫌だ！


お先に失礼します、の声が聞こえて、僕は慌てて作業中のファイルを閉じた。焦る指でパソコンの電源を落とし、非常用ヘルメットが突っ込んである袖机の一番下の引き出しから鞄を取ってバタバタと席を立つ。すでに周りの人たちは、みんな帰った後だった。

エレベーターホールへと急ぐ。だけど運悪く、閉じたばかりのハコが動き出したところだった。一歩遅かったか。

階段を駆け下りれば間に合うかも。と思ったけれど、逃したハコはビル直結の駅改札がある下じゃなく、なぜだか上に向かっていた。

変だなと思いながらどこまで行くのか見ていると、点灯はRマークのところで止まった。屋上だ。僕は後を追うように、次に開いたハコの中に乗り込んだ。

今日もすでに閉門の立て札が通せんぼしていたけれど、屋上に出るためのドアはまだ開《あ》いていた。

「渋谷さん」

屋上に出るなり呼んだ。僕は仕事を終えた渋谷さんの後を追って来たのだった。

けど、その呼びかけに振り向く人はいなかった。東京の夜景が灯りの屋上には、人の姿はひとつもなかった。

「あれ?」

おかしいなと首を捻りながら、元来たルートを引き返す。今から駅へ急いだとしても、もう渋谷さんを捕まえるのは無理だろう。

仕方なく、僕はスマホのアドレス帳を開くと、エレベーターのハコの中から渋谷さんの番号宛に、今日はありがとうございましたとメッセージを送った。

すると、ちょうど改札階に着いたところで、尻ポケットに突っ込んだばかりのスマホが震えた。渋谷さんから返信だ。と思って見たら、渋谷さんは渋谷さんでも、メッセージじゃなく電話だった。慌てて応答のボタンをタップする。

「あ、杉崎くん?　メッセージ見たんだけど、どうしたの、急にかしこまって」

聞こえてきた渋谷さんの声は、背景に風の音が交じっていた。僕は改札方面へ向けていた足を返し、なんとなく皇居方面の出口へと歩き出した。

「あ、さっきの件で。なんか、助けてもらったので……」

「ああ、なんだ、そんなこと。別に私は思った通り言っただけ」

さっきの会合のハラスメント相談第一号の調停ビデオを観た後に、僕は保留になっていた例の件――退職者への退職理由聞き取り調査を、相談室の皆の前であらためて、やらせてほしいと願い出た。

けど、メンバーは今回も賛成してはくれなかった。すでに退職した人の声を聞くより在職者を優先すべき。全従業員に研修を行った後でなら……と、前回と同じ理由だ。

鏑矢なら助け舟を出してくれるんじゃないか。そう期待してみたけれど、もっと経験を積んでからにした方がいいんじゃないか、キミには他にもっとやるべきことがあるはずだよと却下された。

でもそこで、渋谷さんがこんな風に言ってくれて風向きが変わった。

私はやってみてもいいと思う。この会社にはハラスメントなんて存在しなかった。芹沢部長はそう仰ってたけど、ハラスメント被害の渦中にある人はなかなかそれを言い出せないし、トラブルメーカーや問題社員といったレッテルを貼られることを怖れて、どうしても隠そうとしてしまうでしょう？

だけど、すでにハラスメントの渦中から抜け出した人であれば、話してくれる可能性があると思うの。隠されて、なかったことにされていた過去のハラスメントを知ることは、今現在や未来のハラスメントをなくしていく手掛かりになるんじゃないかな。

「室長があんな風に言ってくれなかったら終わってました。ありがとうございます」

「室長？　何それ」

「あ、なんか勢いで……。けど、すごいしっくりきますね。ハラスメント相談室、室長・渋谷伊織。うん、いいかも」

「ちょっとカッコよすぎない？」

ケラケラと笑う声が長く続き、その間に皇居の濠に面したベンチを見つけ腰かけた。後ろをテンポ１４０で皇居ランナーが駆けて行く。

「でも、みんなが言ってたことも間違ってない。特に鏑矢先生が仰ってた、もっと経験を積んでからにした方が……というのは私もそう思う。ハラスメント被害を受けた過去の記憶を掘り返されて再び苦しむ退職者が出ないように、調査には細心の配慮が必要よ。参考になりそうな資料を明日杉崎くんに送るから、良かったら読んでみて」

その声を聞きながら、この人はどうしてこんなに……という思いがあふれた。

「どうして……」

「ん？　杉崎くん？」

「どうしてそんなに正しくいられるんですか」

思わず訊いていた。受話器の奥から風の音が聞こえた。しばらくの沈黙の後、渋谷さんはぽつりと呟くように言った。

「実例④」

「え」

「最初の会合で読んでもらった、ハラスメント実例集の実例④」

そのページの記憶を今に呼び寄せた。途端にまた、苦い思いが胸に広がる。

「あれ、父なの」

お濠の水面《みなも》で何かが跳ねた。それがごくんと水の中に飲み込まれるような音がして、水面は再び静かになった。

「今どこですか」

何と言っていいのか分からなくて、懸命に言葉を探し、見つけた言葉がそれだった。

「え、どうして」

「今から行きます」

何も言えないけど、いや、言えないからこそ、電波に乗せた声じゃなくて、もっと近くで受け止めたかった。

「秘密」

スマホを当てた耳元で、渋谷さんの笑い声が小さく耳をくすぐった。僕もつられて笑った。けど、すぐに笑うのを止めた。あの日、実例④について渋谷さんと交わした会話で、自分が犯した過ちに気づいてしまったからだ。

「あー、最低だ。ごめんなさい」

「ん、何が？」

「ハラスメント相談室の初会合の日。廊下で僕、言いましたよね。実例④の結末がショックだったって……」

A氏は自ら死を選んだ。深夜にまで及んだ残業の後、会社の屋上から飛び降りたのだ。――そう綴られた、実例④の最後の一行。僕はそれを渋谷さんの前で〝結末〟と呼んだ。

「けど、結末じゃなかったんですね。あれで終わりじゃなかった。被害者の遺族にとっては、何年経とうが何も終わっていないんですね。だって、室長がこんなにも真剣にハラスメント問題に取り組んでいるのは、室長にとってはそれがまだ終わってはいないからで……」

言いながら胸が詰まった。あの事件は二十年前の出来事だ。渋谷さんは十七歳くらいの頃に、パワハラ被害でお父さんを亡くしていることになる。

「杉崎くんは優しいね」

渋谷さんが優しい声で言った。

「キャンプ場で会ったときから、優しい子だと思ってた」

それから僕らは、十年前の夏キャンプの思い出話にひとしきり花を咲かせ、僕の腹の虫が大声で鳴いたのをきっかけに通話を終えた。

ベンチから腰を上げ、駅へと歩き出す。と、またお濠の方から音が聞こえた。何かが水面に落下したときの水音だった。

その響きは、とうに忘れてしまっていたひとつの記憶を呼び覚ました。あの夏山のキャンプ場の湖に落ちていった髪飾りの記憶だ。

僕が渋谷さんと最初に言葉を交わしたキャンプ場には、高所恐怖症じゃない僕でも身がすくんでしまうほどの、高い高い吊り橋があった。単なる噂か本当か、何度も身投げがあったとか、よくあるパターンの怪談話も聞かされた。その吊り橋の真ん中で、渋谷さんは一人、下の水面を見つめていた。

何してるんですか、危ないですよ。橋を揺らさないよう気をつけて渡りながら、そんな風な声をかけたと思う。と、僕を振り返った渋谷さんの髪から髪飾りがするりと落ちて、それは真っすぐに、ビリジアンの水面に吸い込まれていった。

あ、と言う声に続いて、髪飾りが水に飲まれる音が響く。

その残響が消えても、渋谷さんはゆらゆら揺れる橋の上から水面をじっと見下ろしていた。僕はそれを、落としてしまった髪飾りを諦めきれずにそうしているのだと思っていた。だけど、元気づけようと何か言おうとしたときに、風と一緒にこんな言葉が流れてきた。

やっぱり怖いね。死ぬのより、生きてく方が怖くならなきゃ跳べないね。

渋谷さんが、どんな思いであの吊り橋に立っていたのか。どんな思いであんな言葉を呟いたのか。あの日の僕は、何にも分かっていなかった。

ごくん。

今の今まですっかり忘れていた、何かが水に飲まれるような、幽《かす》かな鼓動みたいなあの音は、今度はすぐに記憶の底に沈むことなく、電車に揺られている間もずっと、僕の耳から離れなかった。

第3楽章　ライ麦畑でつかまえて

ハラスメント相談室の会合の席に着くなりスマホを出して、メールボックスを開いてみた。今日、何度目になるだろう。まだ見慣れないアドレスの受信トレイには、今日はまだ何も届いていなかった。

あれから僕は退職理由調査の計画書を練りに練り上げ、一週間ほど前にようやく、過去五年間の退職者にアンケートを送付するところまでこぎつけた。それもこれも、渋谷さんが送ってくれた資料のおかげ。まさに室長様々だ。

さらにもう一人、スペシャルサンクスとして心のページにクレジットするのを忘れてはならない人がいる。人事部の芹沢部長だ。

今回の調査では、人事部が管理している退職した人の住所やメルアドという個人情報が必要で、それはおいそれと流してもらえるわけがなく。ならば、きちんとその管轄部署に頭を下げて、力を貸してほしいと頼むべきだろうと決めたものの……。

管理職研修で目が合った瞬間の、あの三白眼を思い出し、僕はなかなか芹沢部長に言い出すことができなかった。だって、部長が僕らをよく思ってないことは、もはや疑いようがなく。嫌味で済めばいいけれど、下手すりゃこの調査自体を潰されてしまうかもしれないわけで……。

そんな僕に渋谷さんが「敵を味方にする、ある方法」を伝授してくれた。その方法とは、敵対関係にある相手には何か頼み事をするべし、という驚くほど簡単なものだった。たったそれだけで、こっちにネガティブな感情を持っている相手の気持ちが友好的に変化すると言うのだ。

これは「ベンジャミン・フランクリン効果」と呼ばれ、百ドル紙幣にも肖像が描かれているアメリカ建国の立役者ベンジャミン・フランクリンが、敵対する政治家に一冊の本を借りたことで政敵が一転、生涯の友になった——という逸話から生まれたものらしい。

人間はもともと感情と行動が一致するようプログラムされていて、なのに嫌いな相手を助けてしまうとそこに矛盾《エラー》が生じてしまう。そのエラーを、なんと感情を修正することで解消しようとするために起こる心理現象だと聞いて、僕はなんだか笑ってしまった。

そんな無理ぐりなエラー修正が本当に、あの芹沢部長の心の中で起こったりするものだろうか。僕は興味津々で、すぐに試してみたくなった。そしてなんと、芹沢部長はビックリするほど快く、協力に応じてくれた。あまりに簡単にＯＫしてくれたもんだから、拍子抜けしてアハハと笑ってしまったくらいだ。

で、笑いながら思った。ベンジャミン・フランクリン効果ももちろんあるんだろうけど、たぶん部長は親分肌で、頼る分には悪い上司じゃないのかもしれない。

芹沢部長は決して悪い人じゃない。渋谷さんはそう言ってたけど、以前はそうは思えなかった。それが今回の件で印象が激変した。もしかしたら、部長は部長なりにハラスメント対策に真剣に取り組んでいて、それが急にその任務から外されたもんだから、内心へこんでたりしたのかもしれない。

回答は人事部じゃなく、僕がこのアンケート用に新しく作ったメールアドレスに送ってもらう形式にした。これについても、人事部が宛先ではやはり臆する人がいるかもしれないと説明すると、芹沢部長は意外にもすんなり了承してくれた。

回答は匿名可。当時の所属部署などの各項目も、空欄でもOKということにした。本当は事実関係をはっきり書いてくれた方が助かるけど、その形式だとほとんどの人が回答を拒むに違いない。

それに、たとえこの回答を仕事や私生活で普段使っているアドレスではなく、素性を隠すための捨てアドで送ってきたとしても、回答後必ずしもすぐに、そのアドレスを削除するとは限らない。もしも気になる回答があれば、その人にだけ追加でコンタクトを取ればいい。

一昨日の夜を皮切りに、アンケートは何通かぽつぽつと返ってきている。けどどれも、キャリアアップをめざした転職といった、ポジティブな退職理由が記されたものばかりだった。

一部、ネガティブな内容、それもハラスメント被害を受けたとする回答があったものの、その被害とは例の萬田部長によるセクハラで、ムカついていたけれど別にそれが退職の理由というわけではないという断り書きをした後で、在職女子社員のために早く何とかしてあげてほしいという陳情が綴られていて、誠に申し訳ございませんと情けない気持ちになった。

そういった回答を、もちろん無視するつもりはない。だけど、やっぱり僕は何よりも、鷲尾さんが誤解を解いて、返事をくれることを期待していた。だから、このアンケートの挨拶文は、ハラスメント相談室の相談員であることと、アンケートの目的を丁寧に書いた。とにかく何者か分からない人物から脅迫を受けていたという件について、鷲尾さんから直接話を聞かなければ。

閉じたばかりのスマホのメールボックスを、また開いてはため息を吐く。バイブレーションで受信を通知するよう設定しているから、スマホが静かにしている以上、何も届いてないことくらい分かってる。それでも気になって、このところの僕は常にそわそわ落ち着きを失くしている。

その横で与田はフンフン鼻歌を歌いながら、持ち込んだノートパソコンで何やら調べものをしていた。

「お疲れ様です。あれ、今日はまだお二人だけなんですね」

残念そうに言いながら、真野さんが入って来た。スマホで時間を確認すると、会合の時間まであと五分を切っている。確かに今日は集まりが悪い。

「何調べてんの」

そわそわを紛らわそうと、隣に座る与田のパソコンを覗き込んだ。『ＬＧＢＴだけじゃない、無限に広がる性の多様性』のタイトルが目に入る。最近よく見るインフルエンサーの一人である、いわゆる性的マイノリティの人のブログを読んでいるようだ。

「社会的な問題提起はオレのフィールド外なんすけど、マスター与田の恋愛道場的な？ ライトな切り口で何か書けないかってひらめいちゃったんで。けどこれ、見てくださいよ。めっちゃ多くて、もうワケが分かんないっす。ここに書いてあるだけで百近いって……。まとめんのムズ過ぎ。どれ削ればいいのか、あったま痛くて」

僕の方へ向けてくれた画面には、僕らが子供だった頃には男か女か、二種類しかなかったはずのセクシュアリティの名称が数えきれないほど延々と連なっていた。

「変に削ろうとしないで、辞書や事典的な見せ方で全部解説した方がいいんじゃない。あと、YES／NOで自分の属性を調べられるチャート的なものを載せるとか。意外と与田のコラムに合ってるかもよ。ちょっと軽く扱ってるように見えたとしても、ネット記事はキャッチーさも大事だし」

それはネットの記事に限らず、コンテンツ全般に通じる話だ。コンテンツづくりにはどうしても、引きの強さや分かりやすさのための単純化が必要になる。

「いいっすね。自分の性自認とチャートの結果が違ってたら、それこそビックリっすよね。ちなみに先輩のセクシュアリティはこん中のどれっすか」

与田がふざけ始めてすぐに、向かいのテーブルで本を読んでいた真野さんがこっちを見てるのに気がついた。手にしているのは紙の本。世界を舞台に活躍する女性コンサルの自伝本を開いている。

「他人《ひと》のセクシュアリティをおもちゃにするな。不謹慎だぞ」

真野さんに叱られる前に与田に注意を促した。なのに与田は止めるどころかヘラヘラと、こんなことまで言い出した。

「じゃあ、オレのセクシュアリティならおもちゃにしてもいいっすか」

「何言ってんだバカ、やめろ」

「えっと、全ての女性をこよなく愛する、オレのセクシュアリティの名称は……」

与田が画面の中にそれを探し始めたところで、コホンと小さな咳払いが聞こえた。真野さんだ。

僕らは顔を見合わせて、慌ててお口にチャックした。真野さんは親の仕事の関係で、いろんな国を転々としてきた帰国子女だと聞いている。多様性への理解や意識なんて、そりゃあもう天ほど高いに決まってる。

「すみません。静かにします」

僕が小声で謝った。だけどさっきの咳払いは、騒がしいのを注意したのでも、多様性への無知に呆れたのでもなく、僕らの会話に単に加わりたかったようで、真野さんは本を閉じると、与田に向かって二度目のコホンを響かせた。

「与田さんのセクシュアリティが何であるかはさておき」

与田と二人、黙ってその続きを待つ。

「女子全員と平等によろしくやっていけるのは、与田さんが誰にも恋愛感情を抱けないからじゃないかって、私ずっと思ってたんですよね。恋愛マスターなんて名乗れるのも、恋を知らないからだって」

小学生みたいな幼い顔で、真野さんがマスター与田にＬＯＶＥを説く。

「それに、グサッと包丁で刺されるどころか、揉め事ひとつ起こってないのも、誰からも本気で愛されてないからだろうなって」

そして最後にこう言って、真野さんは聖母のように微笑んだ。

「与田さんも、いつか誰かと心から愛し愛されるといいっすね」

与田を真似たその語尾に僕がプッと噴き出したところで、残る面々がギリギリセーフで駆け込んで来た。

「あ、お疲れ様です室長。と、皆さん」

真野さんが渋谷さんによそ行きの声をかけた。最近、僕だけじゃなくメンバー全員が渋谷さんを室長と呼ぶようになっている。

最後に入って来たのは鏑矢だった。見たくない顔だが仕方ない。今日は鏑矢を交えてセクハラ問題について学ぶ予定だ。

いつもなら、顔ぶれが揃ったところで軽口を叩いて皆を笑わせる与田が、今日は無言で固まっていた。いつもの調子をすっかり失くしているところを見ると、さっきの真野さんの推察は、ずばり当たっていたのかもしれない。僕はなんだか愉快になった。

じゃあ始めましょうか、と渋谷さんが手を叩いた。アンケートの回答待ちはひとまず休止。僕はスマホを机上に伏せた。が、その瞬間に手のひらに振動が伝わった。短く震えて静止する。メールが届いた合図だ。

だけど、スマホに置いた僕の手がそれを返すことはできなかった。すでに勉強会が始まろうとしていた。残念だけど、終わるまではお預けだ。

本日の教材は、日本初のセクハラ民事訴訟となったセクハラ事件。いつものことだけれど、今日のテキストもショッキングな事実の連続だった。

事件の詳細もさることながら、その事件が起きた三十数年前の社会認識には驚かされた。何せ、マスコミを初め、世の多くの男たちがこの国初のセクハラ訴訟をバカバカしいと嘲笑し、女性たちが次々と声を上げ始めたムーブメントを「モテない女たちの集団ヒステリー」と揶揄し、「女子社員の尻も触っちゃいかんとは、とんだ世の中になったもんだ」などと開き直る始末だ。

原告女性のプロフィールを見ると、僕の母親と同じくらいの世代だった。母はずっと共働きで、今も元気に働いているけれど、こんな社会の中で仕事しながら僕を育ててきたのかと思うと、やりきれない気持ちになった。

それはみんな同じだと見えて、男も女も、誰の顔も険しかった。ときどき真野さんが、何語か分からない言葉を舌打ちしながら吐き出していた。たぶん、くそったれとか、ぶっ殺すとか、そんな感じのスラングなんだろう。いや、そうであってくれ。

裁判は原告勝訴で終わっている。だけど、この勉強会はそこで終わりにはならなかった。裁判が終わってからかなり長い時を経て、原告女性はようやく手記を出版している。この国の全ての女性の人権を背負わされ、裁判中、決して表に出すことが許されなかった一被害者としての個人感情や、裁判後の人生について書かれているらしい。その内容を抜粋して、渋谷さんが紹介してくれた。

ああ、そうか。聞きながら僕はようやく、今日の勉強会の真のテーマを理解した。

僕はこの間、渋谷さんにこんなことを言った。実例④の最後の一行を僕は〝結末〟と呼んだ。

だけど、あのラスト一行で何もかもが終わったわけじゃなかったんだ、と。

被害者遺族である渋谷さんにとって、実例④の事件はまだ終わってはいないのだ。たとえ裁判が終わっても、被害者の心の傷は残り続ける。たとえ被害者が亡くなっても、残された遺族の人生は、悲しさや悔しさや、やりきれなさを抱えたまま続いていく。渋谷さんはそれを伝えたくて、この教材を選んだんじゃないだろうか。

講義のバトンは鏑矢に引き継がれ、ハラスメントによって起こる心身の不調など、内容は産業医の専門分野である職場におけるメンタルヘルスの話に移った。

ハラスメントによって発症したうつ病などの心身の不調は、原因となった人や職場と離れてからも長く残り続ける人が少なくない。そのリアルなデータに、メンバーから次々と重いため息がこぼれた。

合間の休憩に入る頃には、みんなぐったりと疲れた顔をしていた。そんなメンバーを置いて、僕は一人、黙って部屋を出た。

エレベーターホールの隅でそっと、メールボックスを開く。届いたメールには、差出人の名前が書かれていなかった。メールアドレスも、見たところおそらく使い捨てだろう。

年齢や性別、在職期間、所属部署、正社員・契約社員・派遣社員といった当時の雇用形態など、僕が必須ではありませんと注意書きした基本データ的な項目も、全て空欄になっている。

その空欄ばかりの回答に、これはと僕は期待した。回答内容が深刻であればあるほど、回答者は素性を隠しながら被害を訴えようとする。渋谷さんが送ってくれた退職者調査に関する資料にも、そんなことが書かれていた。

先を急ごうとする目に落ち着けと言い聞かせながら、スマホの画面を一行ずつたどっていく。そして、空欄続きの基本情報欄を過ぎたところで、スクロールする指先を止めた。

「弊社在職期間中に、社内でハラスメント被害を受けたことがありますか」の問いに、「あります」がチェックされていた。

次はあると答えた人向けに、受けたハラスメントの種類についての質問だ。回答は「パワハラ」、続いてパワハラの具体的な内容については「脅迫行為」が選択されていた。

待っていた回答がついに来た。確信しながら続いての質問「そのハラスメント被害の行為者は誰ですか」の回答欄に目を移し、息を呑んだ。

用意した「直属の上司」「管理職」「先輩社員」「同僚」「後輩」「正社員」「契約社員」「派遣社員」といった選択肢のどれでもなく、チェックは最後の「その他」のところにマークされ、その補足の自由記入欄にはこう記されていた。

分かりません、正体不明。

やっぱり、間違いない。鷲尾さんの回答だ。再びスマホの画面上に指を滑らせる。すぐに、最後のフリー回答の文字群が目に飛び込んできた。

一度社内でスマホを紛失した。スマホはその日のうちに総務部に届けられていて、すぐに戻ってきた。しかし、中にあった写真やメッセージのやり取りのスクショのコピーが入った封筒が、机上に届くようになった。犯人は分からない。怖くて会社を辞めるしかなかった。ハラスメント相談室？　そんなものに何ができる？　何もできるはずがない。ピークスには、姿を見せないパワハラモンスターがいる。


姿を見せないパワハラモンスター。そのフレーズに戦慄した。スマホの紛失——事件の発端がそんな些細なことだったとは。

この怪物が使った威力《パワー》は情報。スマホを拾い、その中に隠されていた人に知られたくない秘密を握ったことで、それまで普通の人だった社内の誰かが怪物と化してしまったのか。一丁の拳銃を手にしたことで、善人が殺人鬼になってしまうみたいに。

誰にだって秘密はある。他人のスマホの中と休日は知らない方がいいのだと、そう言ってたのは与田だったか。ああ、本当にそうだな、与田。この世の中は、知らない方がいいことだらけだ。

この回答から分かることを頭の中で整理した。そして、まだ謎に包まれている部分に想像を巡らせる。犯人の動機は？　興味本位？　嫌がらせ？　犯人が得るものは？　分からない。この回答だけじゃ、全体像どころか、犯人の手掛かりも、何ひとつ見えてこなかった。

「杉崎くん、どうかした？」

その声に顔を上げると、鏑矢と渋谷さんが並んで歩いて来るところだった。鏑矢による講義は前半戦で終わりだと言っていたから、代表して渋谷さんがエレベーターまで見送りに来たんだろう。

「実は……」

少し迷いながらも、この二人ならと、僕は鷲尾さんのことを打ち明けようと決めた。

「以前この会社で働いていた……ある人を街で見かけて、声をかけようとしたんですけど」

鷲尾さんの名は咄嗟に伏せた。プライバシー保護を指摘されると思ったからだ。

「その人は、僕の顔を見て逃げ出して……。何か様子が変だと思って追いかけたら、その人こう言ったんです。私を脅迫してたのは、杉崎さん、あなただったんですね」

二人とも視線が宙を彷徨った後、続けてこう訊いてきた。

「脅迫なんてしてないのよね？」

「それから何て？」

僕はふたつの問いにまとめて答えた。

「もちろん、してません。その後すぐに逃げられた」

沈黙が降りて、虫の羽音のような自販機の作動音が急にボリュームを上げた。

「杉崎くんが退職者調査をやりたいと言い出したのは、もしかしてそのせい？」

渋谷さんの問いに頷きで答える。山田さんのことには触れなかった。鏑矢も、たぶん黙っていてくれるはずだ。

「いくつか回答が送られて来たんですけど、その中にひとつ、僕を見て逃げ出したその人からじゃないかと思われるものがありました」

僕は、さっき見たばかりの回答の内容をかいつまんで二人に話した。回答者の氏名など、個人を特定する情報は何も記されていなかったこと。退職理由はパワハラ被害、しかも脅迫と書かれていたこと。スマホを紛失し、その日のうちに総務に届けられていてスマホは無事に戻ってきたこと。だけど、それをきっかけに、中にあった写真やメッセージのやり取りのコピーが入った封筒がデスクの上に届くようになったこと。犯人の心当たりはなく、回答者は犯人を「姿を見せないパワハラモンスター」と呼んでいること。そして、ハラスメント相談室なんかに何ができる、何もできるはずがないと書かれていたこと。

説明を終えたところで、エレベーターのハコが扉を開けた。躊躇なく鏑矢が中に乗り込む。え、話の途中なんだけど？　呆気に取られていると、白衣を翻してくるり向きを変えた鏑矢が、悲しそうな目で僕を見た。

「キミは何にも分かってない」

「何にもって何が」

鏑矢は困ったように口を閉ざした。はいはい、守秘義務があるから言えないんだろ。僕がそう言うより先にエレベーターは扉を閉じて、鏑矢の姿は見えなくなった。途方に暮れて隣を見ると、渋谷さんはエレベーターに向かって折っていた腰を、ちょうど伸ばしたところだった。

「どうして私たちに話したの」

頭を上げると同時に、渋谷さんが問い質した。

「もしも鏑矢先生が、その事件の行為者だったらどうするの」

「まさか」

そんなことあるはずないと続けようとした僕を待たずに、渋谷さんが次弾を放つ。

「それに、そのモンスターは私かもしれない」

「それはもっと……」

あり得ない、と継ごうとした言葉を途中で飲み込んだ。目の前の瞳は明らかに、この僕に怒っていた。

「ハラスメント相談室なんかに何ができる。その回答者の言い分はもっともだと思う。一人で抱えきれずに許可なく誰かに打ち明けてしまうような相談員に何ができるの？　その程度の覚悟しかないのなら、杉崎くんはもうこの件からは手を引くべき」

反論できなかった。自覚してなかったけれど、確かに僕は正体不明の怪物相手に一人で戦いを挑むことを怖れ、被害者の許可を得ていないのに共に戦ってくれる仲間を作ろうとしていた。それをこの人に見透かされた。たぶん、鏑矢にも。僕は自分を恥じて、渋谷さんの目から逃げるように俯き、ぎゅっと目を閉じた。

目の前に現れた闇の中に、ぼんやりと山田さんの姿が見えた。ハラスメント相談室新設のポスター前に佇んでいる。その姿は、ハラスメント相談室の誕生に救いを求めているように思えた。

そうだ。僕はこの人のために、ハラスメント相談室のメンバーになったんだった。

「……手は、引きません」

うなだれていた顔を上げた。と、目の前にある顔は、さっきまでとは全く違う優しい笑顔に変わっていた。

「そう言ってくれると思ってた」

渋谷さんがニカッと歯を見せた。え、ここまで見透かされてた？　赤面する僕の前で、渋谷さんがまた表情を変えた。真剣な眼差しに、僕も気持ちを引き締める。

「約束して。どんな景色が見えたとしても、目を逸らさずに真実を見極めるって」

そうだ。モンスターはこの会社の中にいる、それは僕が知っている誰かの、知らない一面かもしれないのだ。

しっかりと、渋谷さんの目を見ながら頷いた。と、渋谷さんが急に、唇の前に人差し指を一本立てた。話し声が近づいてくる。

「あ、ここにいた。お二人で何してるんですかぁ」

真野さんと島田さんだった。自販機に飲み物を買いに来たようだ。

「脱毛相談。どこかおすすめのクリニックを訊いてたところ」

渋谷さんの口から飛び出したその嘘に、僕は思わず咽《む》せてしまった。さらに、「毛と言えば杉崎さんですもんね、私もハイジニーナとか考え中で」なんて真野さんが言い出したものだから、もうどうしていいか、軽くパニック状態だ。

ハイジニーナというのは、ＶＩＯのデリケートゾーン全てのヘアをなくした状態で、アメリカではすでにメジャーな身だしなみ。日本でも、若い世代だけでなく、介護を受けるときのためにと選択する人が増えている。

「さ、そろそろ後半戦と行きますか」

自販機でそれぞれ目当てのものを買い終えた真野さんや島田さんとともに、渋谷さんもドリンクを買って会議室の方へと歩き出した。選んだ缶コーヒーを昭和のオッサンが現場で飲むヤツみたいだと真野さんたちにツッコまれた渋谷さんが、疲れてるとバカみたいに砂糖が入った缶コーヒーが飲みたくなるのだと言い訳する。

エレベーターホールを出て行く間際、渋谷さんは振り返り、頷くように目を伏せた。誰にも言わない、という無言の約束。あるいは、誰にも話さないように、という無言の圧力。僕も小さく頷き返す。

勉強会の後半戦は、同じセクハラカテゴリーでも、前半とは違うさまざまな実例が用意されていた。中には女性社員から男性社員へのセクハラや、部下による上司へのセクハラ、同性によるセクハラなどもあり、今回もまた、全てが〝実例〟であることに驚いた。

会合が始まる前の与田の話じゃないけれど、セクシュアリティの多様化で、昨今はセクハラ＝《イコール》エロオヤジによる女性社員へのいかがわしい言動、という定義に当てはまらないケースもだんだん増えてきてるらしい。

いや、本当は昔からあったのにずっと隠されていたことが、時代の変化で表に出てきただけなのか。どちらにせよ、思い込みや先入観で物事を判断してはいけない、ということだろう。先入観《バイアス》に惑わされるな。心のノートにそう書き記したところで、本日の勉強会はちょうどお開きとなった。

いつもの電車に揺られて帰る。その途中、窓の向こうで急に雨が降り出した。残念ながら鞄の中に、折りたたみ傘は入ってない。駅構内のコンビニでビニール傘を買うしかないか。突然の雨で店の傘が売り切れていませんようにと僕は祈った。こうしてまた玄関に、コンビニ傘が増えていく。

チノパンのポケットからスマートフォンを取り出した。この雨はすぐに上がるとか、ここらはもう降り出してるけど住んでる街は降ってないとか、その手の情報を期待しながらお天気アプリを画面に探す。

けど、天気情報を開くつもりだった僕の指先は、違うアイコンをタップすることになった。メールアプリに、会社を出るときにはなかったはずのメール着信を知らせるマークが付いていた。しかも、二通を意味する2のマーク。

緊張する指でメールボックスを立ち上げる。二通とも、届いていたのは例の退職理由調査用に作ったアドレスだ。

すぐに開いて、肩を落とす。しっかりと記入された基本データ欄を見る限り、姿を見せないパワハラモンスターとは無関係の回答だろう。

それでも念のため最後までスクロールしてみたけれど、やっぱり予想通りだった。回答者は三年ほど前に退職したエディターで、四十歳での結婚を機に完全在宅ワークが可能な同業他社に転職している。うちの会社は最近になってようやく、在宅ワークに本格的に取り組むと発表したばかりだ。

ピークスでの仕事を続けたい気持ちはありましたが、この年齢での結婚・妊娠・出産・育児を考えると、時間的にも体力的にも、少しでも余裕を持てる完全在宅に切り替えざるを得ませんでした。特に高齢での妊娠出産はリスクも高く、万が一のことがあっても若い世代の人と違ってリトライするにもタイムリミットが迫ってますので。ピークスも在宅制度を本格導入する予定だと噂を聞きました。三年早ければ、と残念でなりません。

名残惜しそうにそう綴られた最後の自由記入欄を読みながら、旦那さんの実家に家事と育児をサポートしてもらっていると言っていた京野さんのことを思い出した。

京野さんは高齢出産ではないけれど、不妊治療で子供を授かったとウーマン事業部への異動の挨拶文に書いてあった。けっこうお腹の膨らみが目立つ頃まで働いてたけど、お腹の赤ん坊に障りがないか、ずっと心配しながら働いていたんだろうか。そういや産休に入る前は、なんだか少し辛そうだった。

あれ？　京野さんがパワハラに遭っていたのは一体いつ頃なんだろう。辛そうに見えたのは、もしかしたらパワハラのせいだったのかな。

そんなことを考えながら回答を閉じ、期待しすぎないよう自分に言い聞かせてから、もう一通のメールを開く。だけどこっちは名前も在職期間も当時の所属も何もかも、基本データ欄が空だった。

スクロールを急ぐその指が、「弊社在職期間中に、社内でハラスメント被害を受けたことがありますか」の答えで止まる。「あります」がチェックされ、受けたハラスメントの種類は「パワハラ」、その具体的な内容は「脅迫行為」がマークされていた。ハラスメント相談室の会合が始まる時間に届いた、あの回答とそっくり同じだ。

しかも「そのハラスメント被害の行為者は誰ですか」のチェック欄は、たくさんの選択肢の中で「その他」に打たれ、補足欄には「不明、机の上に名無しの脅迫状」と書かれていた。最後の自由記入欄は空白のまま。

いきなり視界でフラッシュが焚かれた。稲光だと教えてくれたのは、一瞬遅れの雷鳴だった。ガラス窓を打つ雨が、さっきより激しさを増している。

脅迫の被害者は鷲尾さんだけではなかった。そして、その脅迫行為を行ってきた姿を見せない《インビジブル》怪物《モンスター》は同じ会社で働く誰かなのだという現実が、暗く世界を覆っていく。

誰のことも信じられない。誰のことも信じてはいけない。なんて苦しい世界だろう。けどそれが、この事件の被害者たちが置かれていた現実社会《リアル》なんだ。

モンスターが誰であろうと、お前は真実を突き止める覚悟があるか。

雨に打たれる窓の中の、青白い自分に問いかける。

雨に打たれる窓の中の、青白い自分に僕は答える。

山田さんを救えるのなら。

脅迫行為を受けていた二人の回答者に、僕はメールを返信した。

ぜひとも詳しいお話を聞かせてください。秘密は厳守します。現在も同一人物による同一行為が行われている可能性があり、行為者の特定を急いでいます。脅迫のネタに使われた個人情報については触れるつもりはありません。できれば直接お会いして、どうしても無理な場合は電話やメールでのやり取りでも構いません。ご都合はいかがでしょうか。ご協力のほど、何卒よろしくお願いいたします。

株式会社ピークス　ハラスメント相談室　杉崎健作

送信ボタンを押したところで、自宅の最寄り駅に到着した。吐き出されるようにホームに降りる。駅構内にあるコンビニの傘はすでに売り切れた後だった。タクシーは長蛇の列だ。どこか近くのコンビニに駆け込んで、傘を探すしかなさそうだ。

僕はスマホをポケットに押し込むと、見慣れた駅の出口から雨の中へと駆け出した。

翌日の昼休み、僕は自分のスマートフォンをデスクの引き出しにそっと隠すと、ワンフロア下にある総務部へと向かった。例のメールの返事はまだ何もない。

総務部のドアを開け、失礼しますとハイカウンターの前に立つと同時に、奥の席の島田さんと目が合った。素っ気ない会釈に会釈で返す。と、いつも通りの不愛想な顔のまま、島田さんが出て来てくれた。

「お疲れ様です。お仕事中すみません。落とし物関係って総務でいいんでしたっけ」

分かり切ってる質問をした。入社十年にもなれば、この手のことでこの部署の世話になったことが一度もないわけがない。島田さんの答えはもちろんイエスだった。

「拾得ですか、遺失ですか」

ぶっきらぼうなその声に、遺失の方と返す。

「スマホ、どっかで失くしちゃって。ポケットに入れてたはずなんですけど」

島田さんはカウンター下から台帳を出して、天板の上に置いた。やけに年季の入った分厚い台帳は、表紙に大きく「拾得物」と書かれている。

良かった。今もまだ昔ながらのシステムで、拾得物や遺失物の管理を続けていたことにホッとした。

入社してすぐの頃、手帳をどこかに置き忘れ、遺失物届けを出しにここへ来たことがある。そのときの記憶を頼りに、僕は昨夜、ある作戦を立てていた。遺失物届けを出すことで、この拾得物台帳の中身を盗み見るという作戦だ。

記憶では、遺失物の届けを出すと、まずは拾得物台帳に該当するものを探して、それらしいものがあった場合は失くし物の詳細を訊いて、合致したならこのカウンター下の鍵がかかった保管庫から出して引き渡してくれたはずだ。

引き取る際に、署名をした覚えがある。あのとき僕は、この拾得物台帳で自分の手帳を拾って届けてくれた人の名前を知って、その人にお礼を言いに行っている。僕の記憶が正しければ、拾得物台帳には拾った物の種類だけでなく、届いた日時、拾った場所、そして届けた人の名前や所属部署も書かれていた。

拾得物台帳に鷲尾さんのスマホの記載があったなら、それを届けた人こそが、姿を見せないパワハラモンスター、脅迫事件の犯人だ！　なんて、安易に考えているわけじゃない。だけど、何も手掛かりがない今は、できることをやるしかない。

もちろん、情報を盗み見るなんて決して褒められたことじゃない。それくらい分かってる。後ろめたさだって、もちろんヒシヒシ感じてる。それでも他に、手掛かりを得る手段が何もないのだから許してほしい。

本当のことを言って島田さんに協力を頼むことも、考えなかったわけじゃない。けど、それはやっぱりやめておいた。昨日渋谷さんに、一人で立ち向かうことができないのなら手を引くべきと、覚悟の程を問われたばかりだ。

「機種は何ですか」

答えると、島田さんは拾得物台帳をサッと開いて目を通し、すぐに「届いてないですね」と台帳をカウンターの下に仕舞い込んだ。

「はあ」

収穫ゼロという結果に、僕の返事は落胆のため息に化けた。仕方ない。今日出社してから今までの、たった数時間の間に届いた落とし物をチェックする。それに要する時間なんて、分かっていたけどこんなもんだ。それに、相手は「仕事が早い」で有名な、この島田さんなのだから。

がっかりしていると、いきなり目の前で「遺失物」と書かれた方の台帳が開かれた。こっちは失くしものの台帳だから、拾ってここへ届けた人の名前は書かれてないはずだ。けど、もしかしたらこの遺失物台帳から、例の鷲尾さんじゃない方の回答者が誰なのかを知ることができるかもしれない。僕はそう思いついた。スマホを失くして届け出た人たちの名前の中に退職している人がいれば、その人が例のもう一人の被害者である可能性は高いはずだ。

直接会って話を聞ければいいけれど、万一それができなかったときのためにも、被害者の特定はしておいて損はない。後ろめたい手段を選んで来ている以上は収穫ゼロで帰るわけにはいかないと、僕はこの敗者復活戦に全てを賭けることにした。

「これに詳細を記入してください」

最新のページが開かれ、ボールペンを渡された。遺失物の種類や、思い当たる紛失場所、紛失した日時、自分の名前や所属先などを書き込みながら、ふと気づく。最後の備考欄のいくつかに、「届け出アリ」「返却済」「拾○○○○」と記されている。○○○○は2357など、それぞれ異なる数字になっている。おそらくは、拾得物の方の台帳と照らし合わせた「2023年の57番」とか、そういった紐づけだ。けど、これじゃあやっぱり拾得物の方の台帳を見ない限りは、届けた人が誰であるかは分からない。

開かれたページは、すでに鷲尾さんが退職した後の日付から始まっていた。前のページをめくりたい衝動に駆られたけれど、顔を上げると僕の手元をじっと見ていた島田さんと目が合った。笑って誤魔化す。妙な真似は止めておいた方が良さそうだ。

島田さんの視線に急かされるまま、必要事項を記入していく。これ以上、ジロジロ台帳を見続けるのはどう考えても無理がある。僕は退散を決めた。敗戦確定だ。

と、閉じようとしたページの中に見つけた名前に、一瞬息が止まりかけた。

山田美咲。そこには、きれいな文字で山田さんの名前が書かれていた。校正校閲室と所属も合致している。間違いない、あの山田さんだ。

遺失物の種類の欄にはスマートフォン。日付も確認した。記されていた日付は、簡易打ち合わせブースで万丈さんと派遣会社の営業さんが山田さんの契約更新について話してるのを聞いた、あの日の少し前だった。

最後の記入欄には「届け出アリ」「返却済」の文字と、例の拾得物台帳との照合ナンバリングが記されている。

山田さんは社内でスマホを失くしていた。それは無事に彼女の手元に戻っている。そしてその後に耳にした、山田さんがこの会社での仕事を継続するか悩んでいるというあの話——やっぱり山田さんも、姿を見せないパワハラモンスターに脅迫されているのだろうか。

今までは、鏑矢の匂わせに乗せられてなんとなく、山田さんはハラスメントに悩んでるんだと思ってきた。けど、もう疑いようがない。山田さんを苦しめてるのは、鷲尾さんを脅迫していたのと同じ、姿を見せないパワハラモンスターに違いない。

だけど、それだとひとつ引っかかる。鷲尾さんと、その後任の山田さん。二人が偶然、スマホを失くして、それらを偶然、同じ人物が拾うなんてあり得るだろうか。絶対ない、とは断言できない。けど、やっぱり出来過ぎ感は否めない。

でも――と、ひとつの可能性が頭の中に降ってきた。二人ともスマホをどこかに置き忘れたり、落としたりしたんじゃなく、盗まれていたとしたら。怪物に、狙われたのだとしたら――

それはなぜ？　心で自分に問いかけた。分からない。

それに、犯人が鷲尾さんや山田さんを狙ってスマホを盗んだとしても、ひとつ疑問が残る。モンスターはどうやって、被害者たちのスマホの中身を見ることができたんだろう。今時、スマホに鍵もかけないなんて、そんな人はほとんどいないはずだ。

と、壁にぶち当たったところで、島田さんの声に引き戻された。

「条件が合致するものが届けられた場合は連絡します。それより先に見つかった場合は総務にその旨を届け出てください。このカウンターでも社内ポータルからでも、どちらでも構いませんので」

言い終わるとともに島田さんが台帳をパタンと閉じた。その手は指先が、マジックか何かで黒く汚れていた。その染みを見ながらふと、こんな考えが頭に浮かんだ。総務なら、島田さんなら、届けられたスマホをこっそり持ち出すこともできるじゃないか。

けど、それでもさっきの壁が立ちふさがる。スマートフォンのロック解除という壁だ。

「分かりました。お手数をおかけしました」

礼を言って部屋を出た。島田さんに疑いを抱いたことで、胸の中いっぱいに重い雲が立ち込めていた。それをどこかで吐き出したくて、僕はエレベーターに乗り込むと同時にRと書かれたボタンを押した。

昼休みのピークを過ぎた、あまり人気《ひとけ》のない屋上を、ゆっくり祠に向かって歩く。屋上の一番端の隅っこに佇む、鳥居も持たない小さな神社。こないだまで存在にすら気づいてなかったのに、今や僕の中で屋上と言えばここをイメージするようになっていた。

秋晴れの空の陽を受けて、褪せた朱色は夜見るよりもさらに古さが目についた。鈴緒に触れて、揺らしてみる。小さくシャンと鈴が鳴った。

チノパンの尻のポケットから財布を出して、一番大きな硬貨を一枚、賽銭箱に放り込む。二礼、小さく二拍手。周囲を見回し、まばらな人影が遠くにしかいないことを確かめてから声にした。

「山田さんをパワハラの苦しみから助け出すことができますように」

合わせた手を下げながらそそくさと一礼し、なんとなく祠の中を覗いてみた。と、突然アレがきた。緊急山田さん速報だ。慌てふためき、屋上の出入り口に目を遣った。と、まさに今、敵がこの屋上に到達したところだった。

出入り口は一カ所のみ。退避するにも敵との接近は避けられない。頭の中でけたたましく鳴り響くサイレンに、たまらず祠の陰に身を隠す。けど、敵の足はなんと、真っすぐこっちに向かっていた！

途中のベンチには目もくれず、山田さんが真っすぐこっちへ迫って来る。マズイ。僕は敵の死角に隠れるように、祠の裏へ裏へと廻り込んだ。それでもこの小さな祠じゃ、うっかりするとすぐに見つかってしまうだろう。

どうしたらいいんだ！

成す術もない僕に、敵はどんどん近づいて来る。胸の鼓動が、あり得ない速度にＢＰＭを上げていく。と、突然それが目に入った。

神社の前からは分からなかったけれど、祠の裏の鉄の塀が一部だけ、小さな扉になっていた。藁にもすがる思いでその扉を押してみる。と、扉の向こうには、人ひとりやっと通れる幅の、小さな階段が隠されていた。

目の前に現れたシェルターに、迷わず僕は逃げ込んだ。短い階段を下りた先にあったのは、よく見るマンションのルーフバルコニーのような六畳程度の小さなスペース。僕は敵に発見されないように、神社裏の断崖部分である壁に張り付くように身を潜めた。

掠れた音で鈴が鳴り、手を打ち鳴らす音が二回響く。山田さんはここへ参拝に来たようだ。一体何を祈りに来たんだろう。祠に向けて耳をそばだて、僕は山田さんの声を聞き漏らすまいと全ての意識を集中した。

「この会社で長く働きたいです。お願いいたします、どうか……」

その後は風の音にかき消されて、うまく聞き取ることができなかった。けど、間違いない。山田さんはここで働き続けたいと願いながらも、何かにそれを阻まれている。その何かとはきっと、例のパワハラモンスターに違いない！

人が立ち去る気配を追って、壁際に置かれたボロいベンチの上に乗り、鉄の塀の隙間からそっと外を覗いてみると、山田さんのしょんぼりとした後ろ姿が遠ざかって行くのが見えた。ランチのついでとかじゃなく、お参りのためだけに、この屋上まで来たんだろうか。そう思うとやる瀬なかった。

「待っててください、山田さん。僕が絶対に、パワハラモンスターを倒しますから」

僕は敵のために全力で、モンスターと戦うことを決意した。

ベンチにしゃがみ込みながら、切なさなのか、それとも敵との遭遇を回避できた安堵なのか、よく分からないため息を長々と吐き出した。そのため息が消えた先の風景に、ふいに気づいて息を呑む。

僕の前には高層ビルの森が広がっていた。悠々と緑あふれる旧江戸城の皇居ビューとは対照的な眺望だ。

正面に建つ全面ガラス張りの高層ビルが、その身に嘘みたいな青空を映し出している。まるで青空で出来てるみたいだ。幻想的に美しい光景に、僕はしばし見とれてしまった。

その景色を見ているうちに、僕の心臓はようやくいつものテンポを取り戻し始めた。そして同時に子供みたいなワクワクが膨らんでいた。

見つけてしまった。誰も知らない、僕だけの秘密基地。と思ったところで靴の踵が何かに触れた。

ベンチの下を覗き込む。と、そこには一冊の文庫本が落ちていた。サリンジャーの『ライ麦畑でつかまえて』。青春小説の金字塔だ。この文庫の青いカバーがなんだかちょっとカッコよくて、僕も全く同じのを高校時代に読んだことがある。

正直言えば、何がどう面白いのか、僕にはさっぱり分からなかった。けど、タイトルが意味するところの部分――ライ麦畑の崖っぷちに立って、その崖から落ちそうになった人をつかまえて助ける、そういう人になりたいんだというところで、わけもなく泣きそうになったことだけは覚えている。

本は濡れていた。昨日の雨にさらされたんだろう。それほど汚れた感じはしないし、長くここに放置されていたのとは違う気がする。だけどページの下端が、何度も何度も指でめくった跡なのか、うっすらと変色している。だからおそらく、これは誰かの長年の愛読書《ツレ》だ。うっかりコイツとはぐれてしまって、きっと持ち主はしょげているに違いない。

だけどこの本は、他にもこの場所を発見した先人がいるという証拠でもある。僕はなんとなく残念だと思うのと、この秘密をシェアする誰かといつかここで出会える予感の、相反するふたつの気持ちが心の中で溶け合うのを感じながら、ベンチの上に文庫本をそっと置いて立ち上がった。スマホがないから分からないけど、たぶん昼休みはそろそろ終わりの時間のはずだ。

階段を上がる前、ふと思い出し、周囲をぐるっと見回した。すると、あった。この秘密基地にまで、やっぱり監視カメラが取り付けられていた。

神様は、どんなときでも私たちを見ておいでですよ。幼稚園の頃、園長先生に言われた言葉とセットになって、鏑矢の顔を思い出す。

敵の襲撃に慌てふためき、この秘密基地を見つけた僕を、鏑矢は今日もあの部屋で〝観察〟してるだろうか。僕はアインシュタイン博士みたいに、神の目に向け大きく舌を出してから、階段を駆け上った。

デスクに戻ると、僕はすぐに引き出しの奥に隠しておいたスマホの電源を入れた。オフにしていたその間に、例の二人の回答者からのメールの返事が届いてるかも。なんて期待は、だけどハズレに終わってしまった。

スマホ、無事に見つかりました。と、総務部宛に社内ポータルのチャットから報告を入れるため、ＰＩＮコードを入力し、パソコンを眠りから起こす。

起動するのを待っていると、席を外していた対面の住人が戻って来た。僕と同じ、昨夜の雨に打たれたらしく、風邪気味なのだと今日は朝からマスクをしている。スマホに向かってマスクをずらし、また戻す。あー、分かる。顔認証、マスクしてるとけっこうエラー出ちゃうよね。で、結局パスコードを入力する羽目になる。

そう思ったときに、ある考えが頭ん中を駆け抜けた。スマートフォンのロック解除は、指紋や顔などの生体認証だと本人以外は絶対にアンロックできないように思えるけれど、エラーが出たときのために、大体はパスコード認証に切り替わるようになっている。

二百人以上がひしめくフロアを見渡した。スマホのパスコードをはじめ、スマホに入れた各アプリそれぞれのパスワード、銀行ＡＴＭの暗証番号……と、あらゆる場面で本人認証《アイコトバ》を求められる現代社会で、それらを全部違うものに設定している人なんて、この中にどれくらいいるだろう。

たぶん、一人もいないと思う。この僕も、たった今パソコンを起こすために打ち込んだＰＩＮコードはスマホのパスコードとおんなじだ。

パソコンのＰＩＮコードは一般的に四桁から八桁。この会社ではその桁の中で、各従業員の任意の数字に設定するようになっている。

スマホの方のパスコードは、数字の桁を増やしたりアルファベットを交ぜて複雑にすることも可能だったりするけれど、一般的に初期設定《デフォルト》は四桁や六桁の数字になっているはずだ。一日何度も入力しなければならないだけに、セキュリティ強化のためにこれをわざわざ複雑化《カスタマイズ》してる人なんて、きっと少数派なんじゃないだろうか。

なんだぁ、そっか。ロック解除なんて意外と簡単かもしれないぞ。にやり笑ってしまったところに、与田が打ち合わせから戻って来た。

与田、許せ。心で念じながら、与田がパソコンを起動する手元に目を走らせる。

呆気ないほど簡単に、僕は六桁の数字を読み取ることに成功した。隣席だからというのもあるのだろうけど、席が離れていたとしても、同じフロアで働いてるならたぶん可能だと思う。タイミングを見計らい、さりげなく近くの通路を通ったりを執念深く繰り返せば、決して無理ではないはずだ。

「なあ与田。超能力って信じたりする？」

こっちを向いた与田の顔は、なんだかゲッソリやつれていた。そんな与田に構わずに、僕はいくつか質問した。下らない質問ばかりだ。今日起きた時間とか、今日のランチはどこ行ったとか。

その答えを聞いた後、僕はペーパーレス化で滅多に使うこともないまま引き出しの肥やしになっている付箋を出すと、迷うことなく六桁の数字を書きつけた。

目を瞑らせてから与田に手渡す。

「はい目開けて。視《み》えました、与田のスマホのパスコード」

何で！と与田が目を丸くした。ずばり当たっていたらしい。ロック解除のパスコードを盗むのなんて、やろうと思えば意外と簡単。これで証明完了だ。ただ、それをやるか、やらないか。その境界線のハードルは、決して低くはないはずだ。

「与田、とりあえずパスコードは早めに変更しといてくれる？　お前のスマホの中なんて、別に見たくもないけどさ。念のため」

言いながらあらためて、モンスターの得体のしれない不気味さに恐怖した。モンスターは被害者のスマホを偶然拾ったんじゃなく、狙った相手のパスコードに当たりをつけた後に、スマホを盗んでいたかもしれない。中に詰まっている情報を使って、ターゲットを脅迫するために。

でも、だとしたらモンスターはなぜ、その人物をターゲットに選んだんだろう。鷲尾さんはなぜ狙われた？　そして、山田さんも被害者の一人だとしたら一体なぜ――

迷宮に入り込んだ僕の視界で、急に慌ただしく人が移動し始めた。ああ、そうか。忘れてた。

今日はこの後、全従業員を対象にした大規模な研修が入っていた。年に一度開催される恒例の社内イベントで、今年は鏑矢が夢中になっている例のゲームの原作漫画の作者を招いて、ヒットコンテンツの誕生秘話や㊙発想法を語ってもらう講演会となっている。

まだ不思議そうに首を捻り続けている与田を連れて、エレベーターホールに移動した。エレベーター前はすでに長蛇の列だった。並んで待つより自力で下りた方が早そうだ。階段で行くことにした僕たちは、そこでばったり渋谷さんと一緒になった。

「室長は超能力って信じます？」

与田がさっきのパスコードの件を渋谷さんに説明し始めた。

「え、すごい！　私も超能力者になりたい！　杉崎くんに弟子入り希望」

話を聞いた渋谷さんが、目をキラキラさせて言い出した。

「いやいや、そんな大したことでは」

もう思い切って、偶然見えただけだと言ってしまおうかと考えた。と、僕が口を開くより先に真野さんの声がした。螺旋階段のワンフロア下からこちらを見上げ、例のよそ行き声で渋谷さんを呼んでいる。

「杉崎さんと与田さんだけズルい～！　私もご一緒していいですかー」

誰かがそれに答える前に、真野さんが階段を駆け上って来るのが見えた。その瞬間、与田がヒッと短い悲鳴を上げて、今下りて来たばかりの階段を猛ダッシュで上り始めた。

え？　何で？　訳が分からず、渋谷さんと顔を見合わせる。

「渋谷さんたちは先行ってください！」

言いながら与田の後を追った。人の流れに逆らい走る。そしてようやく僕らの席があるいつものフロアで、与田を捕まえることができた。

与田は自分のデスクの前で、頭を抱えてうずくまっていた。すでに周囲に人影はなく、がらんと静まり返っている。

「与田。お前まさかスキサ……」

言いかけた僕の口は、いきなりガバッと身を起こした与田の手に塞がれた。なんと図星だ。

相手は、状況的に考えて真野さんで間違いない。与田の様子がどうも変だったことから察するに、始まりはたぶんあの日だ。真野さんが与田のことを、誰かを本気で愛したことも、誰かから本気で愛されたことも、ないんじゃないかと言ったあのとき。

与田さんも、いつか誰かと心から愛し愛されるといいっすね。

与田を真似たあの日の真野さんの口調を思い出し、込み上げる笑いを必死に堪える。

「先輩、誰にも言わないでください」

「分かってる、言うわけないだろ。泣くな与田」

涙目の与田を抱きしめた。心配するな、ベラベラ人に吹聴なんてするわけないだろ。お前の苦しみを、誰より理解してあげられるのは僕なのに。ああ、こんな風に与田にシンパシーを抱く日がくるなんて思ってもみなかった。

「好きという気持ちが高まりすぎてしまったんだ。それで脳がパニックになって、相手を強大な敵だと認識してしまってる。それが、今のお前の症状だ」

「相手を、敵と、認識……先輩、オレどうしたらいいんすか！」

すがるような目をしてぶつけられたその問いに、僕は答えてあげられなかった。スキサケの正しい対処法なんて、この僕に分かるわけない。教えてほしいのはこっちの方だ。

行きたくないとグズる与田を何とか宥《なだ》め、講演会の会場に向かった。すでにエレベーターはガラガラで、会場の席はあらかた埋まってしまっていた。入ってすぐに山田さんの姿を探す。彼女は中程の下手《しもて》側の席に、校正校閲室の社員数人と座っていた。与田も、前方上手《かみて》の席で渋谷さんと嬉しそうに話している真野さんの姿を確認したようだ。

僕らは後ろの立見席で講演を聞くことにした。ぽつんぽつんと前方に空いている席も見えたけど、与田を今、一人にするのは少しばかり心配だ。

客席の照明が落ちて、まず初めに表彰式が始まった。登壇したのは、弊社《うち》の今年の検索ワード大賞に輝いた事故物件専門の凄腕霊媒師・棲《すみ》師。

……のはずが、現れたのはその代理だというオッドアイのイケメン怪談師・弔《とむら》ナイトで、棲師の姿はどこにもなかった。ナイトくんは大きな段ボールを積んだ台車を押して現れたけど、まさか棲師はあの中に潜んでいるとか……いやいやいや、ないないない。

と思っていたら、箱の上の方の隅っこに小さな穴が開いているのを発見した。と同時に、その穴から覗いた誰かと目が合った！

……ような気がするけど、たぶんきっと気のせいだろう。

続いて登壇したのは大ヒットゲーム『マエストローゼ！』の元になっている人気漫画『マエストロ！』の作者・某《それがし》某《なにがし》先生とその担当編集者、掲載誌・月刊ゼロの編集長の三人組だ。

ところが三人を紹介した社長が名前を間違っていたらしく、「某《なにがし》某《それがし》ではありません、某《それがし》某《なにがし》です！」と先生が声を震わせ、「どっちでもよくない？」と言い出したロン毛の担当編集者と漫画家先生が壇上でケンカを始め、編集長が社長や客席にペコペコ謝り始めたものだから、会場はのっけから大きな笑いに包まれた。

この眞坂《まさか》さんという編集長は、いつもトラブルに巻き込まれている中二病編集長とネットの世界ではちょっと知られた存在で、そのイメージ通り、今日も自由奔放な連れの二人にずっと振り回されていた。

講演は学びに満ちて……と言うより終始笑いの連続で、だけど長くヒット作に恵まれなかったと語る某某先生が発した「人生は、良くも悪くも付き合う人間に左右される」という言葉には心の底から同意した。

鏑矢は、開幕から大はしゃぎで最前列のど真ん中センターに陣取っている。本当に、某先生の言う通り、心穏やかな人生を送りたければオトモダチは選ばなければ。

と、話が佳境に入ったところで、チノパンの尻ポケットでスマホが震えた。ヤバイ、切っておくのを忘れてた。電源を落とそうと、僕は慌ててスマホを取った。けど、その画面に見つけてしまった。新着メールが二通、届いている。

「ちょっとトイレ」

さっきより少しは元気を取り戻した様子の与田に小声で告げて、重たいドアをすり抜けるように外に出た。中の熱気がすごかったせいか、大会議室の前のロビーはひんやりと、やけに空気が冷たかった。出たその場でメールボックスを開けて見る。二通とも、退職理由調査用のアドレス宛。どちらも昨夜送ったメールの返事だった。

おそらくさっきの与田のスキサケ騒ぎのせいで、バイブレーションに気づかなかったんだろう。最初に届いていた方は、受信したのが一時間も前だった。

二通とも、詳細を話してもいいと書かれていた。直接会っても構わないと言う。僕はすぐさま返事を返した。

ありがとうございます。ぜひ直接お話をお聞かせいただきたく。ご都合の良い日時と場所を教えていただけますでしょうか。よろしくお願いいたします。

分厚いドアの向こうから、拍手の音が聞こえてきた。講演が終わったようだ。いち早く、与田をここから避難させないと。

拍手の音に引き寄せられるように、僕は再び、重たいドアに手をかけた。


まるで回遊魚だ。井の頭線渋谷駅の中央改札前の構内の隅に立ち、視界を流れてく人の群れを見ながら思った。街へ出て行く人、違う電車に乗り換える人。みんな自然とその流れに吸い込まれ、ひとつの大きな生き物の一部のようになっていく。スイミーって童話の、クライマックスのあのシーンみたいに。

その中で僕は、小さな小さな雑魚のまま、ホールの隅に一人ぽつんと立ち続けていた。スマホを出して時計を見る。19時20分。約束の時間を二十分も過ぎている。相手を待たせてはいけないと、十五分も前からここにいるから、もうすでに三十五分はこうして立ちんぼしていることになる。

今日ここで、こうしてメールボックスを開くのは、一体何度目になるだろう。回答者Bさんから、遅れるといった連絡はまだ何も来ていない。木曜日の夜七時にこの場所で、と指定してきたのはBさんだ。なのに来ないということは、一度は話そうと決めたものの、やっぱり土壇場で気が変わってしまったのか。

Bさんという呼び名は僕が勝手に決めたものだ。脅迫被害により退職したと答えた被害者二人は、どちらも名前を書いていなかった。だから僕は仮に、回答を送ってきた順でAさん・Bさんと呼ぶことにした。

もう少しだけ……と待ちながら、構内の柱に次々と映し出される広告をぼんやり眺める。そういや、駅や電車のポスターも、いつの間にか紙からデジタルにどんどん変わってきてるよなあ。待ちぼうけを食らったせいであらためて、僕は時代の移り変わりに気づかされた。

そしてもうひとつ。そのデジタル広告のデザインに、また別の移り変わりにも気づかされた。そっか、もうすぐハロウィンか。いつだって、季節は知らない間に過ぎていく。ハロウィンが終わったら、あっという間に街中がクリスマスで、次に気づけば年が明けている。その繰り返しだ。

デジタル広告が一巡すると、視線を周囲に泳がせた。群衆の中にBさんの姿を探す。Bさんが誰なのか、女性か男性かも分からないけど、同じ会社にいたのだから、顔さえ見ればこの人だと分かるはずだ。だけど、僕と同じように人待ちをしている人の中にも、改札フロアを流れる人にも、見知った顔はいなかった。

ふと、視線を感じて上を見上げた。と、視界の端でスッと何かが動いた気がした。指定されたマークシティ入口の案内板付近は、吹き抜けになっていて上の通路から見下ろすことができる。

Bさんはまだ来てないいんじゃない。どこからか、ずっと僕を見ていたのかもしれない。ごくりと喉が鳴った。ゆっくりと、上の通路へ視線を動かす。けど、怪しい人影は、もうどこにも見つからなかった。

と、手の中でスマホが震えた。思わずビクッと肩をすくめる。見ると、メールを一通受信していた。Bさんからだ。

メールには、ここから歩いて数分の貸会議室の名前と、その部屋番号が記されていた。こちらでお待ちしています、と書いてある。

ナビを立ち上げ、指定された場所に向かう。けど、Bさんは今も僕を見ているような、そんな気がしてならなかった。そして、それは思い込みでも何でもなかったようで、ノックして入った目的地《ゴール》は無人だった。

僕の背後で、閉めたばかりのドアが開く。あ、と小さく声が出た。目の前に現れたのは、思ってもみない顔だった。

長谷川《はせがわ》さん——二年くらい前までニュース班にいた人だ。僕の三年先輩だったか。この人が、社内の誰かに脅迫されていたなんて。

意外だった。仕事での絡みがなかったからイメージでしかないけれど、長谷川さんはエリートばかりのニュース事業部の中でもやり手と言うか、ちょっと目立つ存在だった。いつも笑顔で、誰かから恨みを買うような感じでもなかったと思う。ライバル会社に引き抜かれて、年俸三割増しで転職したとか、そんな噂も聞いた気がする。つまり、順風満帆な人生を送ってる恵まれた人だとばかり思ってた。

けど、現れた長谷川氏は、同じ顔なのに前とはどこかが違って見えた。例えて言うならホラー映画でよく見るような、何かに憑かれる前と後。今、目の前にいる長谷川氏は、見るからに後の顔だ。

けど、僕より遅れて来たってことは、やっぱりずっと見張られてたか。

「杉崎です。本日はお時間いただきありがとうございます」

名刺を出そうとした僕の手を制し、長谷川氏は「すみませんが」と鞄からスマホのバッテリーチャージャーに似た小型の機器を取り出した。それを僕の体に這わせるように動かし始めて、ようやく僕はそれが何かを理解した。

盗聴器の類を隠し持っていないか、念入りにチェックしてからようやく、長谷川氏はどうぞと椅子を勧めてくれた。尾行したのも、他に誰か仲間がいないか、怪しい動きを見せないか、確認するためだろう。

それでもまだ不安の影を残した顔に、僕は自分からスマホの電源を落とすと、長谷川氏が着こうとしているテーブルに、画面を上にして置いた。ぎこちない笑顔を作り、長谷川氏が僕を見る。

この人をよく知っていたわけじゃない。だけど、以前とは別人のように人が変わってしまったのだということだけは、はっきり分かった。

ハラスメントの被害者は、行為者と離れても、心身の不調などのダメージが長く残り続けることがある。勉強会で聞いた、鏑矢のあの話を思い出した。この人もハラスメント被害の後遺症に苦しんでいるんだろう。

「今日伺ったお話は、誰にも漏らしたりしませんのでご安心ください」

僕は話を切り出しついでに、あらためてこの点を宣誓した。長谷川氏が、ぎゅっと目を閉じながら頷く。

「では、さっそくですけど、アンケートに回答してくださった件についてお聞かせください」

質問内容はあらかじめ決めておいた。訊く順番までしっかり頭に入れてある。

「脅迫行為というのは、いつ頃から始まったんでしょうか」

長谷川氏は、具体的な日付を提示して答えてくれた。それは長谷川氏が退職する三カ月ほど前に始まっていた。脅迫状が届いたのは大体二週間おきに計四回。デスクの上に封筒が置かれていたそうだ。

封筒の中身は、スマホに入っていた写真、メッセージのやり取りや素性を隠して続けていたSNSでの発言などの画像コピー。一度スマホを紛失したものの、すぐに総務部に届けられて戻ってきたので、最初に脅迫状が届くまで、中身を見られていたことには全く気がつかなかったと言う。

「行為者……つまり犯人に心当たりは。確信がなくても構いません」

答えを探して、長谷川氏の視線が殺風景な部屋の中をふらふらと彷徨う。

「一人……最初にアレが届いたときに、コイツじゃないかと疑ったヤツがいた。でも、そいつが会社を休んだ日にも机の上にアレが届いた。その後は何人も……それはもう何人も、次から次に疑った。でも、結局分からなかった。で、会社を辞めることにした。辞めると決めたときにはもう、全員が犯人に見えていた。眠ることすらできなくなってた」

そう語る長谷川氏の顔色は、亡霊みたいに青白かった。

「今は夜、眠れてますか」

リストにはないその問いに、長谷川氏は曖昧に首を捻った。

「辞めて脅迫から解放されて、少しずつ体調は良くなっていた。けど、半年くらい前、校正校閲部に元ピークスが入って来たと聞いて一気に逆戻りした。犯人が俺を追って来たのかと思ったんだ。まあ、俺がいた頃よりも後にピークスに入社して、一年くらいしかいなかったみたいだから、犯人の可能性はないと分かって、それからは少し落ち着いてる」

鷲尾さんのことだとピンときた。長谷川氏の転職先は、西新宿の都庁近くの高層ビルに入っている。例の鷲尾さんを見かけた場所は、そのビルの前だった。ピークスとは長年のライバル関係にある企業だし、意外と狭い業界だけに、うちからの転職先にその会社を選ぶのは自然な流れなんだろう。

「その人、ウルフカットで黒いスキニージーンズをよく穿《は》いている、ほっそりした女性じゃないですか。名前は鷲尾さん。齢は僕と同じくらい……三十ちょいくらいの」

訊くと、そうだと頷いて、まだ話したことはないのだと長谷川氏は言った。同一犯による脅迫事件の被害者同士だとは、鷲尾さんも長谷川氏も知らないままに同じ会社で働いているわけか。

「脅迫被害のことは誰にも……？」

長谷川氏が首を振った。誰にも言ってない、の意味だと捉えた。

「一人だけ」

だけど長谷川氏は、唯一の例外としてこの名を挙げた。

「鏑矢先生には一度話した。知ってる？　産業医の……」

出てきた名前にうろたえた。鏑矢は、社内で脅迫事件が起きてることを、そんな前から知っていたのか。なのに、姿を見せないパワハラモンスターのことを話したとき、僕に何も言わなかった――

理屈じゃない感情が心の中に渦巻いた。だけど僕はそれを無理やり、こんな理屈で制圧した。ストレスチェックで問題が見つかった従業員と面談し、何かに悩んでないか、解決に向けて相談に乗るのが産業医のオシゴトだ。そして、鏑矢には守秘義務という業務上の縛りがある。だから、言わなかったんじゃない。言えなかっただけだ。

「産業医の先生は何と」

鏑矢との関係を隠して訊いた。

「悪質なパワハラ行為に該当するから、早急にハラスメント相談窓口に被害届を出すようにと

「……」

「ハラスメント相談窓口へは？」
ハ、と一言、虚しく笑って、長谷川氏は首を振った。
理由は訊かなかった。当時のハラスメント相談窓口は人事部だ。エリート社員だったこの人が、そんなところに脅迫被害を相談できるはずがない。問題社員とレッテルを貼られるかもしれないし、脅迫のネタについて何か訊かれたら……。そう考えると、二の足を踏むのは当然だ。

だからこそ、ピークスのハラスメント相談窓口は人事部を離れ、独立した組織として新たにハラスメント相談室が生まれたのだ。

「同一犯の犯行が続いてるってメールにあったけど。犯人が分かったら、もちろん教えてもらえるんだよね、犯人が誰なのか！」

急に語気を強めて長谷川氏が僕の目を覗き込んだ。

「同一の行為者によるものかはまだ断定できませんが、他にも同様のパワハラ被害を受けたとする人がいて、まだ調査を始めたばかりです。ご協力いただいておきながら心苦しいのですが、調査結果が出たとしても、行為者の名前をお伝えできるかどうかは、今ここではお約束はできません。申し訳ありません」

正直に告げて下げた頭を上げるとそこには、絶望した顔の長谷川氏がいた。気持ちは分かる。僕に協力してくれたのは、行為者が誰かを知って、少しでも安心したかったからだろう。けど、約束はできない。行為者が判明したとしても、その人の名を被害者に伝えるかどうかの答えは、今ここで出すべきじゃない。

「ひとつ、もし良ければ教えていただきたいのですが……。スマホの中の情報を抜き取られていたということは、ロックを解除されてしまったということですよね。長谷川さんは当時、スマホのセキュリティはどのように設定されていましたか」

例のロック解除についての推察を裏付けるための質問だ。案の定、長谷川氏は顔認証による生体認証《バイオメトリクス》システムを使っていて、エラーが出たときはパスコードで開けるようにしていたと言う。

「そのパスコード、他の暗証番号の類と同じものを使いまわしていませんでしたか。例えば、会社のパソコンのＰＩＮコードとか」

長谷川氏が頭を抱えた。やはりそうか。これで僕の推察通り、モンスターが被害者を選んだ上で、スマホを入手していた可能性が高まった。

この会議室の使用時間の終わりを潮に、僕らは古い雑居ビルを出て、そこで別れた。ご協力に対しての謝礼などは何も出せないけれど、せめて会議室の利用料はこちら持ちでと頼んだけれど、長谷川氏は頑として受け取ってはくれなかった。

帰り道、渋谷駅前のスクランブル交差点で赤信号に足を止めた。向こう岸で外国人が、スマートフォン片手に何やら動画を撮影中だ。

このスクランブル交差点は、東京を訪れる外国人に人気の観光スポットになっている。一回の青信号で数千人もの人たちが、ぶつかることなく上手に交差して行く様が、外国人観光客にとってはアメージングな光景に映るらしい。

信号が変わるのを待つ間、ふと、あれを思い出した。鏑矢が会社の上層部に語ったという、あの言葉だ。

人間というのは、人の間と書きますね。それは、人間、とりわけ日本人が最も大事にしているものが、人と人との間、つまり関係性だと感じている証拠ではないでしょうか。

信号が青に変わった。僕はこの十字路の調和を壊さないように、気をつけながら向こう岸への流れに乗った。どこかでクラクションが鳴っている。不協和音のファンファーレにも似たその音は、鏑矢が歌う『歓喜の歌』を脳内に再生させた。

心の友を得られし者よ
優しき伴侶を得られし者よ
歓びの歌を共に歌おう
人の歓びを共に歌おう
できぬ者は集いから立ち去るがいい
集えよ　歌えよ　歓びの歌

集いから去るべき者は誰なのか。会社で日々見ている顔が、次々と心に浮かんでは消えていく。

小さく口ずさみながら思った。僕にはこれを、歌う資格はあるんだろうか。

約束の時間まであと一時間半。少し早くに自席を後にしたのは、Aさんを待たせてはいけないという理由だけじゃなく、ここに寄ってから、待ち合わせ場所の新宿に向かうためだった。屋上の祠の前で手を合わせる。今日こそは、モンスターにたどり着くための何か手掛かりを得られますように。そして一秒でも早く、山田さんが苦しみから解放されますように。

声には出さず、心の中でお願いした。ここでの祈りは祠の神様だけじゃなく、その向こうにいる誰かに聞かれてしまうことがある。こないだ僕は、自分の耳で確認済みだ。

一礼してひと呼吸、屋上にいる誰かに見られていないかを気にかけながら僕はそうっと、祠の裏に廻ってみた。その先に人の気配がないか確認しつつ、例の秘密の扉を抜けて、階段をゆっくり下りる。

秘密基地には今日も誰もいなかった。けど、あれが消えていた。サリンジャーの『ライ麦畑でつかまえて』。青いカバーの文庫本が、ベンチの上からいなくなってる。

僕より早くここを見つけた先住者が、雨に濡れ、撓《たわ》んで膨れた愛読書とこの場所で再会し、手に取る様子を想像した。

一体どんな人だろう。まさか山田さんだったりして。そんなことを考えただけで、山田さんとばったりここで遭遇するシチュエーションが頭に浮かび、動悸が一気に激しくなった。いやいやいやいや、あり得ないあり得ない。いや、絶対にあってはいけない。僕は慌ててその空想を打ち消した。

山田さんはどんな本が好きなんだろう。どんな音楽を聴くんだろう。映画とか演劇とか、そういうのを観に行ったりはするのかな。フェンスの向こうのビル群を、眺めるでもなくぼんやり見ながら考えた。けど、職場の人の私生活について何か訊くのも憚《はばか》られるよな世の中じゃ、僕がそれを知ることができる日は永遠《とわ》に訪れないだろう。

ベンチに腰を下ろす暇もなく、僕は秘密基地を後にした。新宿でこれから落ち合うAさんは、あの鷲尾さんに違いない。僕は確信を持って待ち合わせ場所に向かった。

だけど、指定された喫茶店に時間通りに現れたAさんは、鷲尾さんとは全く違う――僕がよく知る死神だった。

「お疲れ様です。久しぶりだね」

新宿駅から歩いて二分とかからない、小さな雑居ビル二階の喫茶店。そのボックス席に通された僕の前に、死神はどっかり腰を下ろして言った。

驚いて、しばらく返事ができなかった。鷲尾さんが現れるとばかり思っていたから、というだけじゃない。真向かいに座ると同時にメニューを手に取るその人は、一年前まで僕と同じライフ事業部にいて、毎日職場で顔を合わせていた人だった。

あの頃にも増して横幅が増した死神こと松木《まつき》さんは、ココアと一緒にガナッシュケーキをオーダーし、届いたばかりのお冷を一気に飲み干すと、ようやく落ち着いたのか僕を見た。

松木さんは契約社員から正社員になった人で、僕が入社した年にはすでに、ピークスのなかでも古株的なエディターだった。齢はアラフィフ……いや、もう五十代半ばくらいになるんだろうか。年齢もそうだけど、何より体型や言動から、僕にとっては気のいいおばちゃんという感じだった。

この人が「死神」と呼ばれてたのは、葬儀やお墓といった人の死に関する分野をずっと担当していたからだ。

少子高齢化や都市部への人口集中など、時代の変化で継承者のいない墓が増えた今、この国の弔い方は急速に、大きく変わろうとしている。例えば葬儀は、昔のように地域で助け合って執り行うものや社葬なんかがぐんと減り、身近な人だけ少人数でパパッと済ませる家族葬など、コンパクトなものが今や主流になりつつある。

お墓事情もしかり。遺族や子孫に代わって、墓参りや墓地の管理・供養を寺や霊園がやってくれる、跡継ぎ不要の永代供養墓がすでに都市部では当たり前。その墓だって、昔のように墓石を立てて弔うのではなく、樹木葬だの海洋葬だのといった自然葬の人気が高くなっている。お一人様の増加もあってか、最近じゃ、ペットと一緒に入れる墓が大ブームだ。

さらに都会では、ボタンひとつで納骨堂からご対面コーナーへ、お骨が自動搬送されてくるといった近未来感あふれるマンションタイプも増えている。

そんな葬儀とお墓に関する情報を、一手に担っていたのがこの松木さんだった。見た目に反して意外にも……と言うのも失礼だけど、松木さんは仕事が出来た。だから死神という呼び名の半分は、神レベルで仕事が早い、の意味も込められていたように思う。

「何驚いた顔してるのよ」

松木さんが口を尖らせて僕を見ていた。

「いや、松木さんが来ると思ってなかったんで」

松木さんは、ピークスを辞めた後も死神を続けていると、何度か噂に聞いていた。長くやってきた葬儀とお墓に関する情報発信をフリーでやり始めたらしいとか、死神という芸名で葬儀とお墓情報系のVチューバーをやっているとか。

「松木さんはその……パワハラとか、そういう理由で辞めたんじゃないと思ってたから」

フリーランスでやってく方がずっと儲かるという理由で、松木さんはうちを辞めたと思ってた。て言うか、今でもみんながそう思っているはずだ。

「フリーランスでやってく方が得だと思って辞めたとばかり……」

松木さんはそれを否定しなかった。けど、その後にこう付け加えた。

「一人でやっていくと決めたのは、もう人が信じらんなくなったからだよ」

ひらひらとした白いエプロンを着けたウェイトレスがやって来た。優雅な所作でオーダーを揃えて去るのを待ってから、本題に入る。

「その、脅迫行為というのはいつ頃から始まったんでしょうか」

質問リストの最初の一行を口にする。松木さんは、去年の七月だと答えた。松木さんが会社を去ったのはその三カ月ほど後になる。その間に四回、脅迫状が届いたと言う。

「脅迫者が誰なのかは分からない、正体不明。松木さんは回答にそう書いてましたよね。行為者が誰なのか、何の心当たりもなかったんですか」

松木さんがフォークを持つ手を止めた。ふてくされたような顔で言う。

「最初は一人疑った。でも、その人が会社に来てない日にもアレが届いた。とすると誰なんだって、何が何だか分からなくなって。もう、毎日気が狂いそうで、とにかく逃げたかった。辞めたことは後悔してないけど、人を信じられないことは正直しんどいかな」

うっすらと感じた既視感に、ああ、長谷川氏も同じようなことを言っていたなと思い出した。最初に疑った人物は犯行不可能と証明されたので容疑者から除外。結果、社内の全員を疑うようになり、人間不信に。そして、そんな日々に耐えきれなくなり、退職。長谷川氏と同じ流れだ。

用意してあるリストの、次の質問を繰り出すのをためらい、僕は沈黙した。訊いてしまってまた、長谷川氏と同じ答えが返ってくるのが怖かった。

「で、どうなの。姿を見せないモンスターの手掛かりは、もう何か摑めてんの」

黙り込んだ僕の代わりに、松木さんが訊き手に回った。僕は曖昧に首を振った。だろうね、と松木さんが肩をすくめる。そして、悪いけど……と前置きした上で、こんなことを言い出した。

「モンスターは、杉崎くんにどうこうできるような相手じゃない気がするよ。回答にはスマホを失くしたって書いたけど、どこかで落としたとか、どこかに置き忘れたとか、それを偶然モンスターに拾われたとか、そんなんじゃないのかもしれないって思ってる。デスクの上とかランチに行ったテーブルの上とか、こっちが無防備にどこかに置いた、そういう隙をみて盗まれたんじゃないかってね。で、たぶんその前に……」

松木さんはロック解除の話を持ち出した。

「モンスターは、パスコードを知ってたんじゃないかと思う。ほんと、私が甘かったんだけど、スマホのパスコード、会社のパソコンのＰＩＮコードと同じのを使ってて。毎日パソコン立ち上げる度に入力してるし、盗み見ようとすればできないことはない気がしない？　まあ、それも後々考えたらで、証拠は何もないんだけどさ」

調査状況を漏らすわけにもいかない僕は、否定も肯定も口には出さなかった。けど、内心では松木さんに同意していた。でも、だとしたら――

「松木さんを狙った目的は……？」

心に浮かんだ疑問をそのままぶつけていた。

「モンスターは、どんな理由で被害者たちを選んだんでしょうか」

目の前の松木さん、昨日会った長谷川氏、鷲尾さん、それから……まだ確定ではないけれど、もしかしたら山田さんも。全員に共通する何かを探して目を閉じる。けど、それを僕が見つけるより先に、松木さんの声が答えた。

「ガチャだったりして。目的はなく愉快犯。ターゲットは適当に選んだ誰かで、その人が苦しむのを観察して愉しんでるとか」

観察――その言葉にあの男の顔を思い出した。

脅迫されていることを誰かに話したことはありますか。リストにあるその問いが、喉に引っかかって出てこない。その問いに返ってくる名を僕はもう聞きたくなかった。

「さっき私、モンスターは、杉崎くんにどうこうできるような相手じゃない気がするって言ったじゃない？」

なのに松木さんは、僕が投げられずにいる問いに、勝手に答えを返し始めた。

「それって何でだか分かる？」

黙って首を振った。分からない、の意味じゃなく、答えを僕は聞きたくなかった。

「一人、犯人はあの人なんじゃないかって疑ってる人がいるんだ」

そんな僕の心も知らず、松木さんが話し続ける。

「社内の誰にも相談なんてできなかった。でも実は一人だけ、打ち明けた人がいたんだよね。産業医の、鏑矢って変な名前の若い先生」

ぎゅうっと膝の上で拳を握った。

「最初に脅迫状が届いた次の日に、カウンセリングに呼ばれたんだ。ストレスチェックで少し気になる点があるとかで、何か悩んでるんじゃないかって。けど、そんときは脅迫状のことは言えなくて、別に何も問題ないって適当に答えた。

で、二度目の脅迫状が届いた日、怖くなって過呼吸みたいな感じになって、非常階段に逃げ込んだんだよ。そしたらそこに、あの先生が現れた。どうかしましたかって。ショック状態だったからさ、つい勢いで全部話したんだ」

松木さんは、でも――と言葉を切った。

「三回目の脅迫状が届いて、あの部屋に相談に行ったとき、監視カメラの映像がでっかいモニターにずらーって映し出されてるのを見てさ、なんかおかしくないかって気づいたんだよね。だって、私があの産業医に呼ばれたのは脅迫状が届いた翌日だよ？　ストレスチェックに問題があったみたいな言い方してたけど、ストレスチェック受けたのは脅迫状が届くよりもっと前だったし、その頃は産業医の呼び出し食らう程ストレスたまってたとは思えない。それに、二度目の脅迫状が届いた直後に、あんな場所に偶然通りかかるなんてさ。なんかタイミング良すぎる気がしない？」

松木さんの言葉を遠くに聞きながら、僕の心で、あの日の渋谷さんの声が息を吹き返す。

もしも鏑矢先生が、その事件の行為者だったらどうするの。

「あの先生が社内の誰かを使ってやってたんじゃないかって、私は今でも疑ってる。けどまあ、辞めてしまえば、もうどうにもできないわけだし。悩んでるより、さっさと辞めて正解だったよ」

松木さんがハン、と不敵に鼻を鳴らした。だけどその顔はどこか、泣き出しそうな顔にも見えた。

「ねえ、最後にひとつ訊きたいんだけど。もしもモンスターの正体が分かったら、こっちにも教えてくれんの？」

皿とカップを空にすると、松木さんは長谷川氏と同じことを訊いてきた。

「協力してもらっておきながら何ですが、行為者が判明したとしても、それが誰であったかを報告できるかどうか、今はまだ約束できない段階です。すみません」

僕は長谷川氏に言ったのと同じ返答をし、でも……と続けた。もしも鏑矢先生が、その事件の行為者だったらどうするの、という渋谷さんのあの日の問いへの僕の答え。そして同時に、退職者調査の松木さんの回答に書かれていた〝ハラスメント相談室？　そんなものに何ができる？何もできるはずがない。〟という諦めに対する僕の答えだ。

「行為者が誰であろうと、絶対に解決します。行為者の名前は言えないかもしれませんが、もう二度と社内の誰かが脅迫行為で職場を追われることがないように、事件は必ず解決します」

そうだ。もう二度と、姿を見せないパワハラモンスターの被害者を出すわけにはいかない。山田さんを新たな被害者になんかさせるもんか。僕は必ずゴールにたどり着く。どんな現実が待っていたとしても。

松木さんに宣言しながら、僕は自分にそう言い聞かせていた。

「ま、あんまり期待はしてないけどね」

松木さんはどうでもよさげにそう言うと、テーブルの上の伝票をスイと僕の方へ滑らせ、こんな風に人とたくさん話したのは久しぶりだとぽつりと言った。

「私はとっくに自分でお一人様用の葬儀とお墓を準備してるし、死んだら一人で墓に入るのも別に寂しくないんだけどさ。けど、生きてる間はやっぱり、人のいる場所で生きていたいって、フリーになってほんと思うよ。人を信じられるようになって、またみんなと働きたい。別にピークスじゃなくたって、どこの会社でもいいからさ」

死神は、そう言ってから重い体を持ち上げるように席を立った。伏せたままのその目には、涙が滲んでいたように、僕には見えた。

「そろそろ来る頃じゃないかと思っていたよ、杉崎くん」

明けた土曜日の午後。出社ついでに地下三階の部屋を訪ねた僕に、微笑みながら鏑矢が言った。右手に指揮棒《タクト》。今日もまた『第九』もどきを特訓中だ。

「どうして僕が来ると思った」

鏑矢は、指揮棒を振りながら肩をすくめた。その動きを指示と捉えたモニター画面のオーケストラが、ぴょんと跳ねた音を響かせる。

「そろそろ、真相にたどり着いてくれるはずだと期待して待っていた……というところかな」

例の新規取引先のミスによる仕事の遅れは、未だ完全には取り戻せていなかった。けど、休日出勤しないとどうにもならないわけでもなく。そう、僕はモヤった心を抱えたまんま、この週末を過ごすことに耐えきれず、隔週勤務で今週土曜は出社のはずの鏑矢と話をするためやって来たのだ。もちろん、お前に会いに来たなんて、言うつもりなど毛頭ない。ここへ来たのはあくまでついで、ついでだ。

壁際に並んでいる椅子たちの中から、適当なものを選んで座ろうかとも考えた。けど、ちらっと椅子を見た途端、鏑矢が目を輝かせて僕を見たからやめておいた。適当に選んだ椅子で精神分析なんかされたら、そんなのたまったもんじゃない。

「姿を見せないパワハラモンスターの被害者二人に会ってきた」

ドアの前に棒立ちのまま、僕は話を切り出した。

「二人とも、周囲の誰にも相談できないまま会社を去ってる。けど、ある人物にだけは被害を打ち明けていた」

第3楽章が静かに幕を閉じ、作り物の天国に一瞬の静寂が訪れる。

「産業医の先生にだけは、話をしたと言ってたよ」

その言葉を突き付けた瞬間に、強烈な不協和音のファンファーレが鳴り響いた。世界が歪む。交響曲第9番の最終楽章の始まりだ。

「この会社の中で複数の脅迫事件が起きてることを知っていたのに、どうしてそれを黙ってた」

指揮棒が止まった。くるり白衣を翻して鏑矢が振り返る。電子指揮棒《タクト》のグリップに付いている一時停止ボタンを押したのか、二次元のオーケストラが画面の中で動きを止めた。

「言ってはいけないからだよ。守秘義務があるからね」

予想通りの答えだ。

「もしかして、杉崎くんはこのボクを疑ってるの？」

僕の沈黙を肯定だと受け取った鏑矢が、大きくその目を見開いた。観察タイムのスタートだ。

「まあ、それも仕方ないことだと思うよ。何たって、小説や映画に登場する精神科医は善人の仮面をかぶったヤバイ人って相場が決まっているからね」

鏑矢はラタンの繭が吊りかごみたいに揺れてる椅子を、よいしょとこちらへ向かせると、その中に潜り込んだ。繭に埋もれた白衣の鏑矢は、絵本に出てくるハンプティダンプティそっくりだ。

「人の心を巧みに操るサイコパス――なんて。物語の中に出てくる精神科医は、いつもそういう役回りばっかりだ。それは、ボクの知る限りではあの『羊たちの沈黙』に始まったブームだと思うんだけど、精神科医の誰もがハンニバル・レクターであるはずがないし、もうそろそろその設定にみんな飽き飽きしてこないのかな。小説家や脚本家は、もう少しオリジナリティというものを大事にした方がいいんじゃないかって、ねえ、杉崎くんはそんな風に思わない？」

クエスチョンをポンと寄越しておきながら、鏑矢は僕の答えを待とうともせず、そう言えば、と白い無添加ウィンナー……もとい、人差し指を立ててみせた。

「飽きもせずにワンパターンが繰り返されてる、その手のブームをもうひとつ思い出したよ。猟奇的殺人事件の犯人の、その動機が幼少期に虐待を受けていたって、あのパターン」

鏑矢が大きなため息を吐いた。

「確かに、実際の殺人事件の犯人が、幼少期に身体的または精神的にひどい虐待や家庭内ハラスメントを受けていた例はよくあることだよ。『羊たちの沈黙』のヒロインが追っている猟奇的連続殺人事件。その犯人バッファロー・ビルのモデルにもなったエド・ゲインが、母親から過度に偏った性教育を受けていたとかね」

でも、と再び鏑矢は、人差し指を偽物の青空に向けた。

「幼少期に辛い経験や特殊な育ち方をしたみんながみんな、殺人犯になるわけじゃない。事実、エド・ゲインと同じ環境に育ったその兄は殺人など犯してないしね。なのに、虐待を受けていたから殺人鬼になりましたー、チャンチャン！って設定ばかりで、本当にうんざりしてしまうよ。杉崎くん、キミはこのことに関してどう思う？」

今度は僕の答えを待って、鏑矢は大きくその目を見開いて僕を見た。

「どうって……その設定については、以前は特に何も考えてなかったけど」

「けど……？」

鏑矢を乗せた吊りかごが、ゆっくりと左右に揺れていた。揺れる繭を目で追いながら僕は答える。

「今は、虐待被害者に二次被害をもたらす行為だと感じるかな。パワハラ被害者に対して、あなたの方に問題があったんじゃないですかとか、セクハラ被害者にそっちが誘ったんじゃないですかとか訊いてしまうような、二次被害をもたらす言動に似てる気がする」

振り子のように揺れる繭の中で、鏑矢が満足そうに頷いてみせた。

「それと、虐待を受けていたから猟奇的殺人事件を起こしてしまったというのは、動機を明らかにしているようでしていないよね。じゃあ、虐待を受けたことがどう犯行に結び付いたのか、その心理がきちんと描けてないと、単なるレッテル貼りみたいに感じてしまう。アンガーマネジメントの第一感情、第二感情じゃないけど、一体どこが始まりで、どんな風に感情が変化して、そこに至ったのかがとても気になる……かな」

振り子と化した鏑矢が、パンと一回、手を叩いた。

「素晴らしいよ、杉崎くん。何が正解か不正解か、なんて大した問題じゃない。そうやって問題に向き合い、考えるってことが大事だとボクは思うんだ。キミはハラスメント相談員になっててから、とても大きな成長を遂げている。まだ核心部分が見えてないのは残念だけど、それもそのうち、きっと見えてくるはずだ。キミが真実にたどり着くのを楽しみにしているよ」

鏑矢は繭の中からよいしょと這い出ると、白衣のポケットから覗いている指揮棒を手に取った。ゲームを再開するらしい。

「あ、ひとつ訊いてもいいかな」

鏑矢は僕の前までやって来ると、めいっぱい見開いた目で僕の顔を覗き込んだ。

「人を信じることと、人を疑うこと。キミは今、どちらを難しいと感じてる？」

僕は答えなかった。だけど勝手に僕の瞳から何か答えを読み取ったつもりにでもなったのか、鏑矢は大きく満足げに頷いた。

むっちりとした親指がグリップのボタンを押して、モニターの中で凍っていたオーケストラが動き出す。ベートーヴェンの交響曲第９番第４楽章が始まった。鏑矢は指揮に夢中で、もう僕のことなど見ていない。

うまく誤魔化されてしまった感をひしひしと感じつつも、僕はそのまま鏑矢ルームを後にした。鏑矢が言う通り、僕にはまだ核心が見えてない。何の真実にもたどり着けていない。せめて小さな欠片でも、何か真実を掴まない限り何を言っても無駄な気がした。

人を信じること。人を疑うこと。難しいのは一体どちらか。

僕にはその答えを出せなかった。鏑矢は僕の目の中に、どんな答えを読み取ったんだろう。そんなことを考えながら、僕は太陽の光が届かない地下三階を脱出し、地上七階へと向かった。

その七階は思った通り、いや、思ってた以上に閑散としていた。いつも何百人もがひしめいている場所だけに、見慣れたはずの職場はなんだか異世界のようにも見えた。

お疲れ様です、とぽつんぽつんと点在する数人に小さく声をかけながら自席へ向かう。その途中で、渋谷さんの席のパソコンがスリープ状態になっているのに気がついた。

自分の席への最短ルートの途中で曲がり、渋谷さんの席に寄り道してみる。と、やっぱり渋谷さんも来ているようで、机の端に大きな鞄が無造作に置いてあった。

「あ……」

そのトートバッグの中から覗いているのを見つけてしまった。あの青いカバーの文庫本。雨に濡れ、撓んで膨れたサリンジャー『ライ麦畑でつかまえて』。屋上の秘密基地の先住者は渋谷さんだったのか。

田舎道のバス停で野ざらしになってるような、あの古いベンチの上で、この本を読む渋谷さんの姿が思い浮かんだ。そこへ突然、この僕が現れて、渋谷さんが驚いた顔で僕を見る。なんてオリジナル動画が脳内に再生されて、僕はなんだか愉快になった。

パソコンがスリープになっているということは、少し席を外しただけですぐに戻ってくるはずだ。僕は静かにその場を離れた。気づかなかった振りをして、いつか偶然あの場所でばったり出会う楽しみを、その日に取っておくために。

と、腹がギュルッと音を立てた。そういや、朝も昼もまだだった。ひとつ仕事を始める前に、テイクアウトのコーヒーと何か手軽な食料を調達して来よう。ついでに渋谷さんへの差し入れに、昭和のオッサンが現場で飲むような……と真野さんたちに言われてた缶コーヒーも。

　そんなことを考えながら、カフェやコンビニが軒を連ねるフロアに降り立つと、そこで聞き覚えのある野太い声にポンと肩を叩かれた。

「あれ、杉崎？　もしかして休日出勤？」

　大学の同級生で、同じグループ企業の新聞社で記者をやっている和田だった。

「そっちも？」

　訊くと、終わって帰るところだと言う。ワイシャツがやけにヨレてるところを見ると徹夜のようだ。

「今から飯なら一緒にどう？　ちょうど頼みと言うか、話があってさ」

　いや、こっちはこれから仕事なんだ。と言えずに僕はいいねと答えた。ちょっと前に一度メールで誘われて、用事があると断っている。今日もそれだとあまりにツレナイ。それにどうせ、仕事はついでだ。進行状況は少々遅れ気味だけど、週明けから巻き返していけばいい。

　何を食おうか、相談しながら歩いていると、和田がふと足を止めた。定食屋の前に台を出して、おばちゃんが弁当を売っている。残っているのは半額のシールが貼られた幕の内がふたつだけ。

「あ、ごめん。こないだフードロスの記事書いたんだけどさ。それからこういうの、なんか気になるようになっちゃって。これも一種の職業病だな」

　そう苦笑いして行こうとした和田を呼び止めた。

「なら、これ買ってどっか外で食えばいい。天気もいいし、たまにはそういうのもいいだろ」

　そんな僕の提案で廃棄行きを免れた幕の内弁当は、屋上のベンチの上で、米粒ひとつ残ることなく僕らの胃袋に収まった。

弁当箱を空にすると、視線が自然と、あの祠に引き寄せられた。と、隣の和田も同様に神社の方を向いていた。

「まさか和田にもあのちっこい神社が見えてんの」

面白半分、ふざけて言った。

「ん？　何だそれ」

京野さんとの会話をかいつまんで話しながら、順風満帆に見える和田にも何かしら、眠れないほどの悩み事があるのかもしれないと、心の端でふと思った。

「なるほど、悩みを抱えた人だけがたどり着く不思議な神社か、面白い。で、その不思議な神社にたどり着いた杉崎は、どんな悩みを抱えてるんだ？」

「いやいや、そんなの別にないけど」

笑ってうまく誤魔化した。和田にどんな悩みがあろうとも、スキサケの話なんて打ち明けられるわけがない。

「あ、頼みと言うか、話があるってさっき言ってたアレ。ちょっと前にメールくれたのも同じ用件？」

動揺を悟られないよう話を振った。と、和田が一瞬たじろいだ。そして、しばらく考えた後、メールの件は今日の用とは違う用件だったと言い、その別件について、見事に顔を赤らめながら説明を始めた。

なんと、あの日メールをくれたのは、ＡＧＡ、薄毛治療の相談だった。ある日ふと生え際が気になり出して、気にし始めたらどんどん気になって仕方なくなってきて、これは悩むよりクリニックに行ってみるか、と検索して開いた記事の署名《クレジット》が僕の名前だったと言う。つまり、和田は僕にＡＧＡの現実や最先端治療、おすすめクリニックなんかのリアルな情報を訊きたかったようだ。

そんな和田に、僕は自分が知る限りの有益な情報を提供し、最後にこう付け加えた。禿《は》げても和田はカッコいいよ。絶対だ、保証する。

いやいや、だから禿げたくないんだって、と和田が笑った。僕も笑った。こんなに屈託なく、誰かと笑い合ったのは久しぶりだった。

その笑いが止むと同時に、僕はふたつめの件を持ち出した。

「で、今日の用件は？」

すると、和田が急に背筋を伸ばした。

「杉崎、ハラスメント相談室やってんだって？」

グループ全社総合版の社内報で知った後、昼休憩でばったり会った与田にも話を聞いたらしい。和田は少し前からパワハラ防止法に関する取材を続けていて、僕にハラスメント相談室の活動について、話を聞かせてほしいと言う。

記事はシリーズで連載していく予定になっていて、この国のハラスメント問題の歴史から、パワハラ防止法が施行された今新たに抱えている問題までを伝えていきたいと考えているらしい。僕はもちろん協力を快諾した。

「歴史的なことも扱うなら、あの事件も入ってる？」

あの実例④の事件の概要を説明した。当然、取り上げるつもりだと和田は言う。

「当時記事を書いた先輩記者から、そのときの取材メモを貸してもらったり、いろいろと話を聞かせてもらったりもしたんだけど、かなり辛い内容だよな。けど、あの事件のことを持ち出すってことは……」

和田はそこで言葉を切って、慎重な面持ちで僕の目を見た。

「……杉崎は知ってるんだ？」

渋谷さんのことだと思った。和田も取材を続ける中で、ピークスのハラスメント相談室を率いる渋谷さんがあの事件の被害者遺族であることを知ったんだろう。

「うん。本人から聞いた」

重い沈黙が降りて、和田の視線がスッと動いた。視線の行方を追って朱い祠を見る。

「さっき言ってた、悩みを抱えた人だけがたどり着く不思議な神社じゃないけどさ。自分自身が経験しないと気づけないことって多いよな」

しみじみ語る和田の言葉に、目を伏せて同意した。フードロスの記事を書かなきゃ、和田は売れ残りの弁当に足を止めたりしなかったろう。この僕だってハラスメント相談室に関わってなかったら、この社会にはハラスメントに苦しんでいる人が大勢いるという現実を、意識しないで日々を生きてた。人は皆、気づかないまま誰かの痛みを通り過ぎてく。

「こないだ、その事件が起きた現場に行って手を合わせてきた。二十年前とはいえ、こんな間近で……ってショックだったよ」

え、と声に出していた。

「こんな間近でって……」

「ああ、知らなかったのか。あの事件が起きたの、このすぐ向かいにある全面ガラス張りのビルだよ。ここからは見えないけど、方角的にはあの辺の……」

和田が祠の方を指す。秘密基地から眺めた、あの景色がフラッシュした。青空を映したあのビルの、泣けてくるような眩しさに目を閉じる。

渋谷さんは秘密基地で一人、どんな思いで、自分の父親が身を投げたその場所を見つめ続けてきたのだろうか。

誰かが崖から落ちないように、ライ麦畑の端に立ち、落ちてしまいそうな人をつかまえる、そういう人になりたいんだと書いてあった、あの一節が胸に迫る。

「どうした杉崎」

おろおろと僕を見る和田の顔が歪んで見えて、ああ僕は泣いているのだとやっと気づいた。渋谷さんはずっと、自分の父親と同じように誰かが崖から落ちないように、ライ麦畑のつかまえ人をやってきた。それはいつまで続くんだろう。実例④の結末は、いつになったら訪れるんだろう。

朱色の祠をじっと見た。その向こうの秘密基地で、今も渋谷さんはあのビルを見ているような、そんな気がした。

空は晴れている。あのビルは今日も、このきれいな青空をその身に映しているだろうか。

第4楽章　歓びの歌〈合唱付き〉

週明けに出社すると大事件が起きていた。なんと、山田さんが会社に来ていなかった！

もしかして、僕がもたもた真相を突き止められずにいるせいで、出社できないくらい心身を病んでしまったんじゃ……。まさか、もうすでに先週末で辞めてしまっているとか……！

焦りを隠してさりげなく、校正校閲室の島の辺りを行き来した。もちろん、情報収集を行うためだ。その結果、山田さんの不在理由は有給休暇と判明した。ただし、今週ずっと休みらしい。

どういうことだ。嫌な予感がした。派遣社員の人が長期で有給休暇を取り始めたということは――経験上、それは退職が間近に迫っているというサインだ。もしかして、今後の出社予定もすでになく、もうどこか違う会社で働くことが決まってたりして……！

不安に襲われながら、校正校閲室の島の周囲をぐるぐると徘徊した。と、通りかかったあの人が、思わぬファインプレーを見せてくれた。萬田部長だ。

「あれ、山田さん休み？　ほー、今週ずっと有給休暇？　どっかに旅行にでも行くのかな？」

部長ありがとうございます！　僕は心で萬田部長に敬礼した。だけど、訊かれた校正校閲室の社員から返ってきたのは、いかにも現代的なこんな答えだった。

「分かんないですよ。だってそれ、訊いちゃいけないんでしたよね」

そうだった。ハラスメント防止のための、やってはいけないNG言動ばかりを集めた〝べからず集〟にも書いてある。有給休暇取得に対して、その理由を訊いてはいけない。

働き方改革の一環として有給休暇の消化が義務付けられたのは、2019年4月からとごく最近のことだ。社内ポータルでお知らせされたのを、僕もよく覚えてる。

あのとき、ベテラン社員の誰かが、昭和の時代は冠婚葬祭や已《や》むに已まれぬ理由以外で有休を取る人なんていなかったし、取ることも許されなかった。有給休暇の取得には、誰もが納得する致し方ない理由というのが必要だった、とか言ってたっけ。あのときは、つくづく現代《いま》に生まれてよかったと感謝したけど、まさか逆に、この時代に生まれたことを恨む日が来ようとは。

でも、直属の管理者である万丈さんなら、山田さんから何か理由を聞いているかも……。僕は次のハラスメント相談室の会合で、さりげなく訊ねてみようと心に決めた。

けど、その会合も、日程が決まらないままだらだらと先送りになっている。そうだ、全てはお前のせいだぞ。僕は横目で与田を睨んだ。

ハラスメント相談室のメンバー宛に、次の会合の希望日時を訊ねるメールを送ったのはもう何日も前になる。みんなからの返事はとっくのとうに届いていた。ただし、約一名を除いては。そう、与田だ。

理由は言うまでもない。ハラスメント相談室の会合で、与田は真野さんと顔を合わせることを怖れているのだ。

会合日時の件だけど。

社内ポータルのチャットで、隣の与田を急かしてみた。じと〜っと湿った視線を向けて、恨めしそうにこっちを見ている与田の気配を完全無視して指を動かす。

早く予定出してくれないと、日程決められないんだけど。

「欠席でお願いします」

チャットではなく声に出して、与田がそう言ってきた。椅子ごとこっちを向いている。見ると、目の下にくっきりクマができていた。重症だ。

会合の件だけじゃない。スキサケを発症してからの与田は、もはや別人と化していた。以前の軽さが消え失せて、あんなに飛ばしまくっていた仕事も今やどん底だ。〝軽く・明るく・分け隔てなく〟をモットーに続けてきた女子社員たちとの交流も、完全にストップしている。

最初は面白がっていたものの、ここまでくるとなんだか哀れだ。それに、気持ちは分かる。痛いくらいに。

「欠席でお願いします」

また声に出して言ってきた。今度は泣きそうな顔で、僕のシャツの裾を握っている。

「分かった。じゃあ今回だけな」

僕は言って、会合日程の調整を始めた。与田を除く全員が参加可能な時間帯を割り出して、いくつかの候補を上げる。と、そこで自分の予定を入れてないことに気がついた。慌ててスマホで自分のスケジュールを確認する。

今週の僕は地方への出張が控えていたりと、けっこう予定が詰まっていた。例のミスした制作会社とは取引を継続しないと決めたものの、そうなると別の新しい取引先が必要で、その新規取引先の第一候補の会社を一度訪ねることになっている。

その会社というのが九州のド田舎で、社長はこないだまで東京のど真ん中にある最大手の広告会社でバリバリ働いていた。打ち合わせも制作も納品も、全部ウェブで完結してしまうようなこんな時代に東京にいる意味ってあんまないよね、ってことで移住&独立した人だ。

家賃なんかのコストがかからない分、ライターやデザイナーのギャラを上げて腕のいいスタッフを確保していくと、こないだのウェブ顔合わせで言ってたし、話してみた印象もしっくりくる。実はもう、この人に頼もうと内心では決めていて、実際に訪ねてみるのはあくまでも念のためだ。と、その社長の顔を思い出していたときに、ふっとアイデアが降ってきた。これなら与田も、ハラスメント相談室の会合に出られるかもしれない!

「与田、いいこと思いついた」

その裏技を与田にチャットで伝授した。これでようやく次の会合の日時と場所が決められる。やっと決まった次回の会合日程をメンバー宛に送り終えると、僕はコーヒーでも飲んでひと息つこうと席を立った。

出口へと向かう途中、空いている山田さんの席が目に入る。会合で万丈さんから何か情報を得られますように。祈りながら視線を回収すると、今度は顔をしかめてパソコンとにらめっこしている渋谷さんが遠くに見えた。今週に入ってまだ一度も、渋谷さんと話してない。

休日を挟んであれからずっと、僕は渋谷さんのことを考えていた。そして決めたのは、涙目で渋谷さんを見ないようにする、ということだった。つまり、同情しすぎないこと。これまで通り、渋谷さんのことは室長として尊敬し、目標としていくということ。

そして、渋谷さんとの約束を果たすこと。これは絶対に守らなくては。姿を見せないパワハラモンスターの正体を突き止めて、この会社で誰かが脅迫というパワハラによって苦しんだり、会社を追われたりすることがないように事件を解決する。必ず。

エレベーターホールで、レギュラーコーヒーを買おうと自動販売機の前に立った。と、ふと見た横の自販機に、昭和のオッサンが現場で飲むような……と渋谷さんが真野さんにからかわれていた、あの缶コーヒーがあるのを見つけた。

パソコンに向かう渋谷さんのしかめっ面を思い出し、僕はその缶コーヒーをふたつ買った。ゴトン、ゴトンと大きな音を立てて落ちてきたそれを、取ろうとした手が驚いて跳ねる。何も考えずにボタンを押したけど、コーヒーの缶が思いがけず熱かった。そっか、自販機のラインナップにホットが増える、そういう時期か。

その缶をひとつ、通りすがりに渋谷さんの席の端に置いた。渋谷さんが手を止めて、ビックリした顔で僕を見上げる。

「差し入れです、昭和コーヒー。えっと、バタバタの決定で申し訳ありませんが、明日の会合よろしくお願いします」

言いながら去る。渋谷さんが恭《うやうや》しく、缶コーヒーを額の前に掲げていた。かたじけない、のポーズだ。

自席に戻り、ひと口含んだその味は、僕にはひどく甘過ぎた。これを美味しく思うんだから、昭和の現場のオッサンも、それから渋谷さんも、ずいぶんとお疲れ過ぎだ。たっぷり中身が残った缶を手に、僕は後悔の甘いため息を吐いた。

そして、その三秒後にはもう、翌日の夜になっていた。いや、そんなはずはないんだけれど、そう感じてしまうほど、最近はあっと言う間に時間や日々が過ぎていく。大人になればなるほどに、時の流れが早くなるって噂には聞いていたけど、どうやらそれは本当みたいだ。

「与田、聞こえてるか」

今回の会合場所となっている会議室に一番乗りした僕は、ノートパソコンの画面に映る与田に訊ねた。ごくりと固唾を呑むように、フレームの中の与田が頷く。ひどく緊張しているようだ。

真野さんと顔を合わせられない哀れな与田のために、僕が思いついた作戦。それは、ハラスメント相談室の会合に、リモート参加すればいいというものだった。とは言え、全員が同じオフィスで働いているのに、丸きりリモート会議では却って面倒なだけだ。だから、今回は与田だけオンラインという形式にした。

もちろん、不自然な感じにならないよう、与田には急な取材の予定を入れてもらい、会合までに戻ってくるはずだったのに時間が押して間に合いそうにもないだとか、何か言い訳をした上で、どこか外からリモートで会合に参加してもらおうというわけだ。

「先輩。本当に大丈夫なんすかね」

不安そうに与田が言う。大丈夫だ、保証するよと僕は答えた。

「何でそんな自信満々に言えるんすか」

何でって、体験済みだからだよ。鏑矢ルームで見た監視カメラ映像の山田さんには、僕は平気で手を差し伸べることができたからね。なんて言えるわけもなく、大丈夫だ、信じろと、僕は繰り返し与田に言い聞かせた。

まあ、僕のときはこっちが一方的に見ているだけの監視カメラ映像で、今回は一体どうなるか分かんない部分はあるけれど、その辺の心配は与田には言わずに黙っとくことにした。

とにかく、今回はこれで乗り切る。次はどうするか、それは終わった後また考えよう。

「あれ、まだ杉崎さんだけですかあ」

二番乗りはよりによって真野さんだった。

「あ、そっか。与田さんは戻ってこれなくてリモートでしたっけ」

チャットで回した与田情報をどうでもよさげに口にしながら、真野さんが向かいのテーブルの椅子を引いた。与田はすでに画面の中で動かぬ人となっている。何も知らない人が見たら、パソコンがフリーズしてると思ってしまうに違いない。

「あ、そうだ。杉崎さんにも訊いちゃおう」

真野さんが僕に突然、取材を始めた。テーマは、働く女性の職場での旧姓使用。働き方に関するコラムを担当することになり、選択的夫婦別姓に関する議論が話題になっていることもあって、働く女性の職場での旧姓使用について一本書いてみようかと考えているらしい。

「杉崎さんが結婚したとします」

山田さんの顔が浮かんだ。途端に顔が熱くなる。

「奥さんが旧姓のまま働きたいと言ったら何て言います？」

もちろん、そんなの職場でも僕の苗字を名乗ってほしいに決まってる。なんか、その方が結婚したんだって実感が湧くだろうし、苗字が変わることで山田さんは僕の妻だとしっかり周囲にアピールできる。結果、職場で悪い男に狙われるのを阻止できそうな気もするよね。……とまあ、そんな本音をさらけ出せるはずもなく、僕なら結婚した相手の選択に任せるかな、なんて器のでかいフリをした。

「どんな意見が多数派なんだろ。女性と男性とじゃ、やっぱり意見が分かれるのかな。うちの社内にもいるっけ？　旧姓のまま働いてる人」

周囲に該当者を探してる途中で、真野さんがあの人の名前を挙げた。

「ウーマン事業部の京野さんて方が、会社では旧姓を使ってるって聞きました。でも、人づての話だと、ご結婚後のフルネームが社内の別の人と同姓同名になってしまって紛らわしいのでって理由のようなので、それだとあんまり記事のネタにはならないかなって。けど一応念のため、明日にでもご本人に訊いてみようと思ってます」

京野さんの名前に、あの屋上での出来事を思い出した。

私ね、私が祈っていたのも、私の願いを叶えてくれたのも、神様じゃなくて、違う何かだったんじゃないかって、そう思えてならないの。ねえ、杉崎くん。私は一体、何に祈っていたのかしらね。

あのとき髪を撫でていった風の感触まで連れて、京野さんの声が僕の脳裏を漂っていく。そしてなぜか、あのときの祠の向こうの秘密基地にはあの人がいたような、そんな気がしてならなくて、僕はそのイメージを慌てて頭の中から振り払った。

ドアが開いて島田さんが入って来た。続いて万丈さんと渋谷さんも。気づくとすでに開始時間をちょっとだけ過ぎていた。あの初会合の日のように、バタバタ走って来たらしい渋谷さんが息を切らしたまま、始めましょうかと手を叩く。

今日の会合は次の研修の資料づくり。管理職研修に続く第二回目の研修は、派遣社員や契約社員が対象だ。今回の対象者は一般的に弱者と位置付けられる立場だけに、ハラスメントの行為者とならないための注意よりも、ハラスメント被害を受けたときのための情報を多めに伝えていくことになる。

まず初めに、派遣社員の人たちの置かれている立場や抱えている問題点をあらためて、渋谷さんがみんなに説明してくれた。

「派遣社員の皆さんは、元はどこかで正社員として働いていたのに、ハラスメントなどで退職を余儀なくされ、派遣社員として働くようになったケースが多いと聞きます。なのに、派遣社員になったことで、さらにひどいハラスメント被害を受けることも珍しくはないらしくて……。加えて、正社員と違って数カ月単位での雇用契約。簡単に職を失ってしまうわけですから、常に緊張状態に置かれています。また、何か理不尽なことがあっても、契約を更新してもらうために限界まで我慢してしまうなど、非常にストレスフルな状態で働いていることも多く――」

想像するだけで、胸の辺りが苦しくなった。入社初日の、一心不乱に働く山田さんの姿を思い出す。もしかしたら彼女はあの日、即戦力として認めてもらおうと必死だったのかもしれない。なのに、僕は「ないわー」なんて、上から目線で品定めみたいな真似をして……最低だ。

けど、今まで考えたこともなかった。山田さんは何で派遣社員をしてるんだろう。山田さんも、元はどこかの正社員だったんだろうか。僕は彼女のことを何も知らない。そして、知りたくても今の僕にはそれを知る術もない。

「そんな派遣社員の皆さんが、安心して働いていけるかどうかが、今回の研修にかかっています。皆さん、仕事との掛け持ちで大変だと思いますが、頑張っていきましょう！」

皆が大きくその声に応えて、割り振られたそれぞれの作業に取り掛かった。僕の担当は、万丈さんと一緒にハラスメント相談の流れを説明する資料づくりだ。相談を寄せることで不利な立場になってしまうんじゃないかといった心配は無用だと、プライバシー保護について具体的に説明していくのがポイントだ。

「そう言えば、万丈さんチームの山田さん、今週お休みなんですね」

資料づくりがひと区切りついたところで、さりげなく訊ねた。

「この間、山田さんに助けてもらったのに、まだちゃんとお礼を言えてなくて。落ち着いたらあらためて……と思っていたら、席が空いてたんで」

すると万丈さんは、山田さんが一週間も有給休暇を取っているのは、校正の検定試験を受けるためだと教えてくれた。上級にチャレンジするので、試験前にいろいろ勉強し直したいとまとめて休みを取ったらしい。

良かった！　辞めたのでも、パワハラモンスターに脅されて心が壊れてしまったのでもなかったことに、ホッと胸を撫でおろす。

だけどその後、万丈さんがやけに重たいため息を漏らし、また不安に襲われた。

「もしかして、山田さんが契約更新を悩んでるって件ですか」

思い切って訊いた。正直に、打ち合わせブースで偶然耳にしてしまったのだと打ち明ける。

「そうでしたか。聞こえていたとは、私も配慮が足りませんでしたね。心配をかけてしまって申し訳ない。山田さんには何か問題を抱えてないかと訊ねてみたりもしたんですが、大丈夫ですと繰り返すばかりで……」

そう言って肩を落とした万丈さんは、いつもよりひと回り小さく見えた。結局、それ以上は何も聞けず、作業再開。黙々と資料づくりに追われて会合は終了し、解散となった。

与田のことはすっかり頭から消えていた。思い出したのは、電車に乗ろうとスマホを出したときだった。会合終了後、いや、会合の途中にも、与田から何度も電話が入っていた。僕は改札をくぐるのを諦めビルを出た。歩きながら折り返してみる。

「先輩、今どこですか」

ワンコールどころか、コールが鳴るより先に、与田の声が耳の中にダイブしてきた。解散して、適当に外を歩いてるところだと答えると、与田はあからさまに残念そうな声を出した。解散前なら真野さんに、伝えてほしいことがあったと言う。

「会合が始まる前に真野さんが言ってた、京野さんが旧姓で働いてるってアレ、たぶん人違いっすよ。京野さんは旧姓じゃないはずです」

聞きながら、正直そんなのどうでもいいよと、さっさと電車に乗らなかったことを後悔した。

「だって、京野さんはすごい珍しい名前の名家の出身なんだって、校正校閲室にいたハケンの鷲尾さんが言ってましたし」

飛び込んできた名前に足を止めた。あの路地裏で聞いたクラクションが、どこか遠くで鳴った気がした。

「それ、どういうこと？」

「だから、京野さんというのはたぶん結婚した相手の苗字で、元はすごい珍名さんで……」

「じゃなくて！」

つい大声を出していた。ゴメンとすぐに詫びて、そのときの状況を詳しく説明してくれと与田に頼む。

「えっと、半年くらい前、たぶん春頃だったと思うんすけど」

僕の勢いに圧された与田が、必死に記憶を手繰り始めた。

「オレのコラムで『方言ラブ』ってコーナーあったじゃないすか」

そのコラムならよく覚えてる。恋愛シチュエーション限定で全国各地の方言を紹介するコーナーで、与田の担当記事の中でもダントツの人気だった。

「あのコラムのネタ集めで、いろんな人に故郷の方言を訊いて回ってたんすよ。で、校正校閲室の人たちに訊いてたときに、鷲尾さんが、実は京野さんとは出身地が同じなんだって言い出して。京野さんの元の苗字は全国でも珍しくて、しかも地元じゃ超有名な名家のお嬢様だったんですよって」

与田はそう言って、京野さんと鷲尾さんの故郷だというある地方の町の名前と、京野さんの旧姓だという初めて聞く苗字を口にした。

「そのとき、京野さんは何て」

与田はそのときの記憶を何とか掘り起こそうとしているのか、少し沈黙を挟みながらこう答えた。

「なんか顔色悪くて、病院行くって早退したんじゃなかったかなあ。……あ、そうだ、思い出した。そんとき室長が京野さんに声をかけて……」

「何で室長が」

「校正校閲室の島に別件で来てたんすよ。で、京野さんが具合悪そうなのに気づいて、室長が連れて出てって。今思うと、京野さんのあれは悪阻《つわり》ってヤツだったんじゃないすか。計算すると、えーと……たぶんそんな時期っすよね」

その後、与田に何を言ったか覚えていない。電話はいつの間にか切っていた。そのスマホで、さっき与田から聞いたばかりの地名と苗字を検索窓に打ち込んだ。ためらう指先で虫眼鏡のアイコンに触れる。

手の中の四角いフレームに表示された、文字の群れを目で追った。途中で耐えきれず、スマホをシャットダウンした。星の見えない夜空を仰ぐ。

世界が反転した。天と地が入れ替わる。今まで見てたのとは違う世界を見たくなくて、僕はぎゅっと瞼を閉じた。

それから僕は、何も考えないように、何十分も歩いて、歩いて、歩いて、歩いて、たどり着いた新宿駅から吸い込まれるようにオレンジ色の電車に乗った。

ぼんやりとした視界の中で、いつもの駅が過ぎていく。間違えて、小さな駅には停まらない、一番速い電車に乗ってしまったのだと、このときやっと気がついた。

電車が速度を上げていく。もう途中で降りることは許されない。終点までたどり着かなくてはいけないのだと、僕は暗い車窓に映る僕の顔に言い聞かせた。

眠れないまま明けた朝、僕は飛行機に乗って九州の田舎町を訪れ、例の新規取引先の社長氏と会ってきた。思った通り、とても気持ちのいい人で、会社はすぐ目の前が海になっている古い日本家屋だった。

ここに暮らしながら、朝は波に乗り、それから朝飯にして、日中は働いて、夜は一杯飲んで寝る、なんて日々を送っていると言う。スタッフは現在十四人。全員が、全国各地の違う地域に住んでいる。

社長はこの町に定住するつもりはないらしく、数年で次のどこかへ移り住むつもりらしい。田舎はふたつの「し」で出来ている。自然としがらみ。そう言って社長は苦笑いした。もともと生まれも育ちも田舎だと言う。同じく、地方出身者である僕はひどく納得した。田舎は東京とは比べ物にならないほどに人間関係が複雑だってことくらい、田舎者なら誰だって知っている。

それでも社長は、引っ越すとしてもやっぱりまた自然が多いところがいいと、遠い目をして目の前の海を眺めていた。僕も同じ海を見つめて、こんな田舎に暮らしながら、距離を飛び越え東京と、いや世界と繋がることが可能な時代に生きているのだと、目の前に広がる景色に実感した。

そして、繋がるという言葉に、自分は誰と、一体何で繋がっているだろうと、ふと思った。すぐさま答えられるほどの、確かな繋がりなんてひとつもないと気づかされる。

中高時代にやっていた招待制のＳＮＳ。あの頃は、あの中にいる本名も知らない人たちと繋がってると信じてた。彼らはまだあの場所にいるんだろうか。僕はもう、あの部屋に入る鍵さえ道の途中で失くしてしまって、彼らの現在《いま》を確かめる術もないけれど。

一晩、泊まっていけばいい。そうすればもう、東京には帰れなくなる。社長にそう言われたけれど、いや、そう言われたからこそ、僕は早々とこの田舎町を後にした。浦島太郎になるわけにはいかなかった。僕にはまだ、やらなくてはならないことがある。

東京に戻ったのは、まだ陽が落ちる前だった。だけど僕は会社ではなく、そのまま真っすぐ新宿へと向かった。新宿駅西口の動く歩道がある地下通路を抜けて、高層ビルが立ち並ぶ都庁前の

通り に出る。

そして僕は、この辺りでもひときわ目立つ高層ビルの前にある、緑地の隅のベンチに掛けた。長谷川氏の転職先、ピークスのライバル会社が入っているインテリジェントビルの前だ。

見える景色も、聞こえてくる音も、時間が流れていくテンポも、つい数時間前にいたあの海辺の町とは何もかもが別世界のこの場所で、僕はビルから出てくる人々を一人ひとり目で追った。

その途中で、子供たちの声に視線が呼ばれた。どこか近くに保育園か何かあるのか、保護者に手を引かれたちびっ子たちが、列を作って歩道をよちよち歩いて行く。子供たちは、みんな何かに仮装していた。お尻に大きな針が付いたミツバチに、アニメ映画のお姫様、ちっちゃな魔女にカボチャのお化け……。そうか、今日はハロウィンか。

可愛らしい一群に奪われた視線を、再びビルの出入り口に引き戻す。さっきより、出てくる人が増えていた。多くの人が仕事を終える時間帯だ。見逃してはいけないと、僕はビルから吐き出されてくる人の中にあの人を探し続けた。

と、集団で出てきた人の隙間に、黒い髪をなびかせたあの横顔が見えた気がした。目の前を人の群れが通り過ぎて行く。後ろ姿を確認してから、やっぱりそうだと確信した。ウルフカットの黒髪に、折れそうに細いブラックのスキニージーンズ。鷲尾さんだ。

後を追った。鷲尾さんはどこか旅にでも出るつもりなのか、ステッカーで埋め尽くされた小型のキャリーバッグを引いている。とても急いでいるようだ。

通りに出るとすぐに、鷲尾さんはタクシーを止めた。僕が声をかけるより一瞬早く、そのタクシーが走り出す。僕は次に走って来たタクシーに手を上げた。乗ると同時に前を指差す。

「あのタクシーを追ってください」

待ち伏せなんて、褒められたことじゃないことくらい分かってる。尾行なんて、通報されても仕方ない。ハラスメント相談室に身を置く者ならなおさらだ。だけど僕にはどうしても、鷲尾さんに確かめたいことがあった。

車は代々木方面へと進んで行く。あの荷物から、てっきり旅に出るためのターミナル駅や空港へ向かうものだと思ってた。だけど、どうやら違うみたいだ。

やがて、鷲尾さんを乗せたタクシーが速度を落とし、停止した。

「お客さん、少し離れて停めますか?」

事情を察して運転手さんが訊いてきた。鷲尾さんがタクシーを降りる。僕は「この辺の適当な場所で」と、少し先で車を降りた。

鷲尾さんは僕に気づかず、ガラガラとキャリーケースを連れて走って行く。彼女が降り立ったこの場所は、渋谷の道玄坂《どうげんざか》だった。見失わないよう後を追う。

ゾンビの一群の隙間を縫って、鷲尾さんが先を急ぐ。彼女の目的がなんとなく分かってきた。と、細長いファッションビルの前で鷲尾さんが足を止めた。待ち合わせをしていたようだ。

「野原さん?」

鷲尾さんが待ち合わせをしていた女性の、その後ろ姿には見覚えがあった。茶色く染めた肩までのウェーブヘアに、オーバーサイズの少女趣味な服。鷲尾さんと仲が良かった派遣社員の野原さんだ。与田の協力で、彼女から鷲尾さんの情報を得ようとしたあの日のことを思い出す。

あの子とは友達だから。だから…………これ以上は言えません。

野原さんは、鷲尾さんのことを聞き出そうとした僕にそう言い、何も教えてはくれなかった。友達だから、知っていても他言はできない、友人の秘密は守る。そう言われてしまったらしょうがないと、あの日の僕はそれ以上訊かなかった。

だけど、もう鷲尾さんと会うことはないと、野原さんははっきりとそう言っていたはずなのに。

訝しんでいると、野原さんが振り返った。

「え……」

野原さんじゃなかった。女性は、野原さんにとてもよく似た、だけど別の人だった。二人が雑居ビルの中へ消えて行く。看板を見上げると、四階にレンタルスペースが入っていた。僕の読みが正しければ、少し待てば二人はまた出てくるはずだ。

その読み通り、三、四十分後、鷲尾さんは野原さんによく似た女性とビルから出て来た。ヴァンパイア伯爵と血まみれの花嫁に姿を変えて。

二人が向かっているのは渋谷スクランブル交差点に違いなかった。漆黒のロングコートをはためかせ、鷲尾さんのエナメルブーツが先を急ぐ。

見失わないよう、僕も足を速めた。宇宙人やゾンビやジェイソン、マリオやカオナシや有象無象の何かの間をすり抜けながら、美しき吸血鬼とその花嫁を追い駆ける。

パーティーは始まっていた。二人が仮装した人の群れに吸い込まれていく。

警察車両の櫓《やぐら》の上で、ＤＪポリスがマイクで何か叫んでいた。だけど誰も聞いてなかった。渋谷スクランブル交差点の、あの数千人がぶつかることなく交差する、世界がアメージングと驚く秩序は、もうどこにも見当たらなかった。

いつもの顔を仮面で隠した——いや、いつも仮面で素顔を隠して生きている人々が、その仮面を脱ぎ捨て、熱狂の渦に溶けていく。

頭の中であの音が鳴っていた。ベートーヴェンの交響曲第９番第４楽章の始まりを告げる不協和音のファンファーレ。世界が歪《ひず》むようなあの音が、あちらこちらで次々と、悲鳴を上げるみたいに鳴り響く。

その音を聞きながら、僕は吸血鬼とその花嫁の背中を追った。前を行くヴァンパイアが花嫁の腰を抱き寄せる。花嫁の青白い首筋に、真っ赤な唇が這うのが見えた。

あの子とは友達だから。だから……これ以上は言えません。

あのとき野原さんが言った言葉が、別の意味を持って脳裏にこだまする。

友達だから、知っていても他言はできない、友人の秘密は守る。

あのとき、僕は彼女の言葉をそういう意味に捉えていた。だけど、本当はそうじゃなかったのかもしれない。あの子のことは、友達以上には思えなかった。彼女の気持ちには応えることができなかった。野原さんは本当は、そう言いたかったのかもしれない。ほんの少し角度を変えると、違う何かが見えてくる。この世界は、そんな騙し絵なのかもしれない。

向こう岸にたどり着いた二人が、くるりとこちらに向きを変えた。野原さんに似た花嫁を後ろから抱く伯爵に、謁見するため歩み出る。

鷲尾さんは僕に気づき、口の端でふっと嗤《わら》った。僕を見て慌てて逃げ出し、恐怖に震えていたあの日とは別人のように不敵な顔だ。

鷲尾さんが耳元で何か囁き、血まみれの花嫁は伯爵の陰に隠れた。僕はヴァンパイア伯爵の碧《みどり》色《いろ》の瞳に訊ねた。

「ひとつだけ答えてください。あなたは脅迫行為の被害者になる前に——脅迫行為の加害者だった。違いますか」

与田が言っていた京野さんの旧姓の件。僕は昨夜、与田から聞いた京野さんと鷲尾さんの故郷の地名と、京野さんの昔の姓だという珍名で検索をかけた。

表示されたのはほとんどが、全国ニュースとして報じられた、ある殺人事件に関する記事だった。穏やかな地方の町で起きた、凄惨な殺人事件。その犯人の姓は全国的にも数少ない、いわば珍名に挙げられるものだった。

公的な記事ではない個人ブログやその書き込み欄には、一族は町を出て、違う姓に変えて暮らしているという噂がいくつも載っていた。なかには、その改姓後の名前や移住先まで詳しく書かれているものも。

京野さんがその一族の一人なのだとしたら——与田が言っていた鷲尾さんの言葉は、全く別の意味や目的を持って放たれたことになる。

「あなたは、誰かから脅迫される前に、京野さんを脅迫していましたか」

ヴァンパイア伯爵が、鋭い牙を見せて嗤った。

「たったひとつ、小さなミスをしただけなのに。あの人、今回だけは万丈さんには報告しないでおくからって。何それ。今回だけはって、もう一回でもミスしたらクビってこと？　先に脅迫したのはあっちでしょ」

始まりはそんな些細なことだったのかと、虚しさが胸に落ちた。祠の前で手を合わせていた、京野さんの端正な横顔がよみがえる。京野さんは別に、鷲尾さんを脅すつもりはなかったのかもしれない。だけど、正社員と派遣社員という立場の差が、京野さんの言葉を鋭い刃に変えてしまった。

もしかしたら、顔立ちが整っているがゆえに冷たげに映る京野さんの印象も、その言葉のニュアンスに影響を与えてしまっていたかもしれない。

鷲尾さんは、京野さんの言葉に怒りを覚えて反撃した。だけど、その怒りは第二感情で、第一の感情はきっと怖れだ。仕事を失うことになるかもしれない、という怖れ。

「やられたからやり返しただけ。それも何回か遠回しに、私を陥れようとしたらどんなことになるか、自分の立場をもう少し考えた方がいいんじゃないですかって、教えてやっただけですけど？」

パワハラは、職場内での優位性を背景に行われる。だけど、その優位性は、管理職と平社員、正社員と派遣社員といった社内の序列によるものだけとは限らない。鷲尾さんが使った優位性は、秘密の掌握。そして、姿を見せないパワハラモンスターが使ったのも同じパワー。つまり怪物は、鷲尾さんに同じ行為を返してみせた。そうすることで怪物は、何かを伝えたかったのか。鷲尾さんの肩越しに、こっちを窺う花嫁が見えた。心配そうな顔だ。僕の視線を追って鷲尾さんが彼女を振り返り、大丈夫だと頷いてみせる。

「じゃ」

信号が青になったようだ。立ち止まらずにお進みくださいとDJポリスの声が聞こえる。鷲尾さんが僕を置いて、狂乱の渦に戻って行く。いつもの仮面を脱ぎ捨てて、皆が自分を解き放つ。僕はその中から弾き出されるようにその場を離れた。頭の中で何度も何度も、誰かの嘆きや叫びにも似た、不協和音のファンファーレが鳴り続けている。

鷲尾さんは脅迫というパワハラの被害者である前に、同じ行為の加害者だった。同じように、長谷川氏や死神こと松木さんも、単なる被害者ではなかったとしたら——姿を見せないパワハラモンスターの正体は——

僕の頭に、あの人の顔が映し出された。

その可能性を否定したくて、違う、違うと首を振る。だけど僕はもう、終点まで止まらない電車に乗り込んでしまっている。途中で降りることは、もうできない。

立ち止まらずにお進みください、立ち止まらずにお進みください、立ち止まらずにお進みください。DJポリスが叫んでる。

それを背中で聞きながら、渋谷さんと交わした言葉を思い出した。

約束して。どんな景色が見えたとしても、目を逸らさずに真実を見極めるって。

——あの約束を、果たさなくては。

東京メトロで会社に向かった。社内に人はほとんど残っていなかった。渋谷さんのあの席も、すでに主《あるじ》はいなかった。近くにいた人に訊ねてみると、ついさっき帰ったと言う。

自販機で昭和コーヒーをふたつ買い、エレベーターに乗り込んで、Rと刻まれたボタンを押した。確信があるわけじゃなかった。だけど、あの場所に行けば会えそうな、そんな気がした。

屋上の入口には、今日もクローズの立て看板が置かれていた。けど、いつものように扉はまだ開《あ》いていた。朱い祠に向かって歩く。

色褪せた鈴緒を引いて、揺らしてみた。掠れた音色で鈴が鳴る。静かに手を合わせ、祈るでもなく祈った。この祠の向こうであの人は、耳を澄ましているだろうか。ライ麦畑の端っこの、崖から誰かが落ちないように、両手を広げ、つかまえないといけないと、そう思っているのだろうか。

言葉にできない祈りを終えて、僕は祠の裏に廻った。扉を押して、階段をゆっくり下りる。その途中で、膝を抱えてベンチに座る、その人と目が合った。

「杉崎くん」

渋谷さんが僕の名を呼ぶ。

「お疲れ様です、室長」

僕は言って、まだ温かいコーヒーを、一本差し出し隣に座った。缶コーヒーを開ける音が、二回続けて夜空に響く。

口に入れたコーヒーは、やっぱりとても甘かった。だのになぜだか今の僕には、沁み入るように美味かった。

僕らは黙ってコーヒーを飲みながら、目の前のガラス張りのビルに映る東京の夜を眺めた。

「姿を見せないパワハラモンスターの正体が分かりました」

渋谷さんがコーヒーを飲み終えてから、僕は話の表紙をめくった。

「僕にはずっと、怪物の目的が何なのかが分からなくて、何かこう、悪魔のような生き物が、善良な人間の顔をしてこの会社の中に紛れ込んでいるような、そんな怖さを感じていました」

消炭色《チャコール》の空を一羽の鳥が飛んで行った。見送ってから、あれは鳥ではなく蝙蝠《こうもり》だったと気がついて、だけどもしかしたら、やっぱり鳥だったのかもしれないと、頭の片隅でぼんやり思う。

「でも、やっと分かりました。鷲尾さんは脅迫の被害者になる前に、脅迫の加害者だった。京野さんの背景を知っているという優位性を利用して、人知れず京野さんを脅かしていた。そう気づいたときに、姿を見せないパワハラモンスターの目的が、怪物の顔が、見えたような気がしました」

秋風が僕らの前を、下手な口笛を吹きながら過ぎていく。

「長谷川さんと松木さん。あの二人が辞めるよう仕向けたのも、同じ理由からですか」

ふっと小さく息を吐いて、渋谷さんはそうだと答えた。

「二人ともハラスメントの行為者だった。彼らによって、死を考えるほどに苦しんでいた人たちがいた」

淡々とした声だった。そして、ぽつりと言い継いだ。

「他にも何人か……全部、私が一人でやった。良いことをしたなんて思ってない」

人事部がハラスメント相談の窓口になっていた頃は、プライバシーの保護なんて何も期待できなかった。だから、京野さんの秘密を守りながら救い出すには、誰かが強制的に鷲尾さんを退場させるしかなかった。渋谷さんはその役割を、その罪を、自ら背負った。

だけど、どうして。どうして渋谷さんがその手を汚さなくちゃならなかったんですか。

胸にあふれたその思いを、だけど僕は口に出さずに飲み込んだ。

訊かなくたって分かってる。この人は、誰かが崖の縁まで追い詰められて、そこから落ちてしまうのを、止めずにはいられなかった。いや、もしかしたら、誰かを救うことで、救えなかった父親を救えるような、そんな気がしたのかもしれない。

僕は渋谷さんの正しさを思った。

退職者への聞き取り調査をしたいと言ったとき、他のメンバー全員が反対する中、渋谷さんだけは僕を応援してくれた。過去のハラスメントを調査することが、未来のハラスメント防止に繋がるのなら、やる意味があると言ってくれた。

あのとき、僕を止めていれば、黙って反対意見に加わっていれば、渋谷さんの罪が明らかになることはなかったかもしれないのに。

たとえ自分の罪が暴かれることになるとしても、ハラスメント相談室の室長として正しくあることを、この人は選んだのだ。

「杉崎くんならきっと、約束を守ってくれると思ってた。見たくない景色が見えたとしても、ちゃんと最後まで見届ける、真実にたどり着くって」

だけど――と、渋谷さんが掠れた声で続けた。

「ひとつだけ、杉崎くんは思い違いをしてる」

隣で渋谷さんが、哀しく笑う気配を感じた。

「私の父は、実例④の被害者じゃない」

ためらうような一瞬の間があった。

「行為者よ」

僕の心が静止した。時を止めた僕を置いて、天と地が入れ替わり、くるり世界が反転する。

渋谷さんを見た。渋谷さんの目に映る僕が見えた。渋谷さんは僕の目の中に、僕の心を見ようとしていた。僕は目を逸らして、渋谷さんの視線から逃げた。僕の中に生まれてしまった感情を、この人に見せたくなかった。僕は神でも天使でもなく、どうしようもなく、人間だった。

何か言おうと唇が言葉を探す。だけど、それを見つける前に、僕の唇は塞がれた。僕のすぐ目の前に、渋谷さんの顔があった。その瞳からあの音が聞こえた。暗い水面が何かをごくんと飲み込む音だ。その瞬間、僕は渋谷さんの肩を手で押していた。自分の両手を驚いて見る。

「ハラスメント相談室の推薦投票で杉崎くんに入った一票。杉崎くんは鏑矢先生に違いないって言ってたけど、違うよ。キミは優しすぎるから、相談員には向いてない。そう思いながら、私が入れた。杉崎くんと、話したかった」

知らなかった、知らなかった、何も気づいていなかった。そんな僕に、渋谷さんが小さな子供みたいな声で問いかける。

「ねえ杉崎くん。人は誰かと一緒にいると、必ず傷ついたり傷つけたりするのに、どうして人を求めるんだろうね」

答えられない僕を残して、渋谷さんが秘密基地を出て行った。駆けて行く音が聞こえなくなるまで、僕はただ渋谷さんがいなくなった秘密基地で、暗い夜を見つめることしかできなかった。

人は互いに傷つけ合う。なのにどうして、人は人を求めるのだろう。答えを探し、監視カメラのレンズを見る。

スマホを出して、一度もかけたことがなかった番号を、僕は初めてタップした。

「見てたんだろ」

応答と同時に訊問する。と、即座に返事が返ってきた。

「見てないよ」

「鷲尾さんを脅迫していた怪物は、渋谷さんだった」

前置きなしに言った。うん、と諦めたような鏑矢の声がした。

「知ってたんだ?」

訊くと再び、うんと返事が返ってきた。

「なんとなくは、ね。ボクなりの方法で、何とかしたいと考えてた」

その方法については明かさないまま、鏑矢はこう続けた。

「目に見えている感情はどれも、それが第一感情とは限らない。けど、キミに触れたかった。それは彼女の第一感情、感情の源泉だったと僕は思う。これは精神科医としてじゃなく、個人的な意見だけど」

「やっぱり見てたんじゃないか」

「……ごめん。ほんとは全部、話も聞いてた」

邪悪な神らしからぬ、しゅんとした声だった。

「これで良かったのかな」

僕は神に救いを求めた。

「渋谷さんは、キミに止めてほしかったのかもしれないね」

鏑矢がそう言う途中で見つけてしまった。ベンチの端に、あの雨に濡れたせいで撓んで膨れた青いカバーの文庫本が残されていた。

「なあ、鏑矢。『ライ麦畑でつかまえて』って読んだことある?」

小二の頃に読んだと言う鏑矢に、渋谷さんがずいぶん古いその本をこの場所に置き忘れていたことを僕は話した。

「ライ麦畑の崖っぷちに立って、崖から落ちそうになった人をつかまえて助ける、そういう人になりたいっていうあの場面」

自分の父は実例④の被害者ではなく行為者だと告げたときの、渋谷さんの哀しい笑いが耳の奥によみがえる。

「渋谷さんは、京野さんたち被害者だけじゃなくて、鷲尾さんや長谷川さんや松木さんたち行為者も守ろうとしてたのかもしれない。誰かが誰かを追い詰めて、崖から落としてしまわないように、誰かが誰かを追い詰めて、殺してしまわないように、ずっとライ麦畑の崖っぷちに立ち続けてきたのかもしれない。渋谷さんが守りたかったのは、本当は、罪を犯してしまったお父さんだったんじゃないかって、そう思うのは間違ってるかな」

うん、そうだねと鏑矢は、ため息のように言った。

「誰かを追い詰め崖から落としてしまった人が、そんなつもりじゃなかったと、彼女の父上のように後から悔やんで後を追ったりしてしまうのを、止めたい気持ちはあったかもしれないね」

え、と訊き返した。

「渋谷さんのお父さんは……」

鏑矢が一瞬黙り込む。

「そうか、杉崎くんは知らなかったんだ。渋谷さんの父上は、あの事件の一年後に電車に飛び込んでる」

頭の中でサイレンが鳴り響いた。ダッと渋谷さんの後を追う。エレベーターを待つのももどかしくて、そのまま階段を転がり落ちるみたいに駆け降りた。改札階の出口をくぐる。渋谷さんの住んでいる街はどこだっけ。プライバシーに関することは訊いてはいけない。だから僕らは互いのことを何も知らない。

駅のホームで渋谷さんの名を呼んだ。だけどその声は、手前のホームから走り出した電車の音にかき消され、誰の耳にも届かなかった。

ぐるぐると見回して、向かいのホームの一番端の、ホームドアの前に佇む渋谷さんの姿を見つけた。電車が近づく音が聞こえる。僕は向かいのホームへ続く、階段に向けて駆け出した。

「室長！」

向こう岸にたどり着いた瞬間に、ホームドアに両手をかけた、その小さな背中に叫んだ。

「杉崎くん、何で」

「何でって、室長が考えてることくらい分かります……って言いたいとこですけど、分かんないです。自分以外の人が考えてることなんて、僕には全ッ然、分かんないです」

第一感情、第二感情、第三感情、第四感情……ひとつの感情はまた別の感情を生み出すスイッチに変わり、僕らは感情の環状線をぐるぐると回り続ける。そのループから渋谷さんが抜け出すためのドアの鍵を、手渡したくて言葉を探す。

「あーッ、こんなとき何て言えばいいのか、何にもいい感じの言葉が出てきません！　ハラスメント相談員に向いてないって、渋谷さんの読みは絶対に当たってると思います！　ほんと、向いてないし、何をどうすりゃいいのか、マジで全然分かりません！

けど……だけど……こんな結末、僕は嫌です！

だから、もっと、もっと違う結末を、いつか僕らに見せてください！

室長にはもっとこう、何て言うか……ああ、生きてて良かったなって、そう思えるような結末を、ゼッタイ迎えてほしいから！

だから、だから……そう思えるその日まで、生きてください。お願いします！」

わっと渋谷さんが声をあげた。大きな声で、子供のように泣きじゃくっている。この声はきっと、渋谷さんが心の奥に閉じ込めてきた無垢な何かだ。

こうやって、この人が封じてきた感情を、ひとつひとつ解放していければいい。そしてパンドラの何とかみたいに、最後に希望が残りますようにと、僕は願った。

ハロウィンの夜が明けたら、東京はすっかりクリスマスカラーに塗りかえられていた。そして、それも昨日で終わり。一夜にして、今度は年の瀬モードに切り替わり、街を歩けばあちらこちらで見事な門松やら正月飾りが目に付くし、どこからか聞こえてくるのはクリスマスソングから暮れっぽいそれに変わっている。

この街がクリスマス一色に染まっていた二カ月の間、会社では本当にもう、いろいろなことが起きていた。

まずひとつめは、社内レイアウト変更という名の民族大移動。これまで何度となく繰り返されてきたけれど、体感としてはあっちからこっちへ、ちょっと位置がズレただけ。と、あまり効果らしい効果を実感できなかったこのイベントだが、今回だけは違っていた。

まず、自席という、今まであって当たり前だったものがなくなった。部課長以上の管理職だけは定位置の自分の席があるけれど、それ以外の人は毎日ロッカーからノートパソコンを取り出して、フリースペースで働くようになったのだ。

オンラインでの会議とか打ち合わせ用に設けられた防音ワークブースや、カフェとしても使えるエリア、図書館の閲覧室っぽい間仕切り席、大小さまざまな打ち合わせスペースに、人工芝が敷かれた屋上のピクニックゾーンまで。いろんなタイプのフリースペースから、その日の気分や仕事内容で作業する場所を自由に選べる。

最初こそみんな、そんなんで仕事はかどるの？なんて訝しんでいたものの、これがもう、仕事の効率が驚くほどにアップした。企画を立てたりアイデアを練るときに、以前だとなかなか集中できないことも多かったのが、俄然〝降ってくる〟ようになったと評判だ。

また、何百人もがひしめき合っていたときと同じ面積とは思えないほど、スペースにゆとりを感じられるようになったのにも驚いた。

考えてみれば、有給休暇取得の義務化や在宅ワーク導入なんかで常に誰かが席を空けている状態なのに、その人の席が常にあるということは、それだけで無駄が生じていたということになる。その無駄が解消されて、スペースにゆとりが生まれ、その空間的なゆとりの分だけ、みんなの心にもちょっとしたゆとりが生まれたように思う。

ストレス源になっている誰かを、さりげなく避けられるようになったのもポイントが高かった。最初こそ、気が合う者同士でツルんだり、仲間外しみたいなことが多発するかも……なんて心配していたものの、いい意味で個人主義的な雰囲気が高まって、みんな自分の仕事に集中できるようになった。

ともあれ、今回の改革は大成功だったと言えるだろう。引っ越し作業の指揮官はもちろん総務の島田さん。いつもながらの見事な采配で、レイアウト改革はあっという間に終わったことは言うまでもない。

そして、この改革のプランナーが誰かと言えば、なんと鏑矢。社内に張り巡らせた監視カメラ映像を睨みながら、どうしたらここで仕事に従事する全員が、心地よく効率的に働けるかを考えに考え抜いて練り上げたプランなのだと社内報で語っていたが、そんなの嘘に決まってる。

鏑矢はこれからも、僕ら愚かな人間たちを〝観察〟し続けるために、それを正当化する言い訳を用意しただけだ。

……と言いたいところだが、鏑矢の話は真実かもしれないと、今回ばかりはそう思う。

渋谷さんの罪に気づき、自分なりの方法で何とかしようと考えていた、と鏑矢は言っていた。その鏑矢なりの方法とは、もしかしたらこのレイアウト改革だったのかもしれない。

そんな社内トピックスその一に続く、ふたつめの大きな出来事。それは、渋谷さんの退職だった。

あれからすぐに渋谷さんは退職願を提出し、今年いっぱいで会社を去ることになった。と言っても、有給休暇が溜まりに溜まっていたらしく、年内いっぱいというのは書類上の形式だけで、別れの挨拶もできないままの慌ただしいさよならだった。

それでもきっと、渋谷さんは生きててくれると信じてる。この退職は、渋谷さんにとって心の革命の第一歩なんだと思いたい。

そして、トピックスその三は、山田さんについて。

あのハロウィンの週が明けた月曜日、山田さんの有給休暇も明けて、緊急山田さん速報のサイレンに慌てふためく僕の日常が戻ってきた。

そしてその一カ月後、山田さんから校正の検定試験の上級に合格したというおめでたいニュースを聞いた。もちろん、本人から直接聞いたわけじゃない。両耳をデビルイヤー全開にして、遠巻きにその情報をキャッチしただけだ。

また、その資格試験合格によって、山田さんに正社員登用の話があったことも耳にした。なのに、彼女がそれを断ったという噂も。

一体どういうことだろう。僕の心のメーターは、不安の限界にまで振り切った。やっぱり辞めるつもりなんだろうか。姿を見せないパワハラモンスターの事件はもう終わったはずなのに。山田さんが抱えている問題が何だったのか、僕はまだ、何も知らないままだった。

なぜって、それを知ることを、僕の心は拒絶していた。だって、もしも山田さんも脅迫を受けていたとするならば、それはイコール、山田さんが誰かを苦しめていた加害者でもあるということになる。

そんな現実なんか見たくなかった。僕は、僕が好きになった山田さんを失いたくなかった。またあの天と地が入れ替わり、見ていた世界が反転する瞬間を経験するのが怖かった。

だけど、その山田さんが正社員登用を断った訳が、山田さんが抱えてきた悩みが、ついに明らかになった。それが、これからお伝えするトピックスその四だ。

渋谷さんの退職が決まってから、ハラスメント相談室では新たな室長が選出された。なんと、それは僕だった。しかも、僕を除く全員一致による決定だ。

もちろん、最初はゴネまくってゼッタイ無理だと断った。だけど結局、引き受けた。それが渋谷さんの願いでもあると聞いたからだ。

新室長としての最初の仕事は、全従業員参加の総会での就任挨拶。総会は毎年秋に行われ、今年は社内レイアウト改革の前日に決行された。昔は大規模なホールを借りていたけれど、ここ数年は各自が自席でパソコンを開き、ウェブ会議に参加するかたちで開催されている。

と言っても、ほとんどの社員は、役員や管理職による業績の発表や功労者の表彰などをただ黙って聞き流すだけ。二時間弱をぼんやりと、やり過ごせば済む会だ。僕も今までそうしてきた。

それが今年はみんなの前で挨拶をして、全従業員から就任の承認を得なくてはならないとあって、今回ばかりは始まる前からガッチガチに緊張していた。

「ハラスメント相談室・室長の任務を仰せつかりました、ライフ事業部・杉崎健作です。他のメンバーと協力しながら、社内の労働環境改善に努めて参ります。どうぞよろしくお願いいたします」

緊張のあまり、声が微妙に上ずっていたけれど、何とか無事、挨拶を終えた。このコーナーの司会進行役・与田がさっそく採決に移る。

「それでは、杉崎健作のハラスメント相談室長への就任について、この場で決を採らせていただきたいと思います。異議がある方がいらっしゃいましたら、その場でご起立、あるいは挙手願います」

就任に当たって全従業員の承認を得る。だけど、これはかたちだけ。あくまで形式的なものだ。三秒ほど神妙な顔をした後に立ち上がり、僕はフロアの皆に向けて腰を折った。

「ありがとうございます。それでは、これを以て……」

与田が、これにてコーナーを締めようとした、そのときだった。

「異議あり！」

フロア中程で声が上がった。叫ぶような声だった。

その声とともに立ち上がったのは、なんと山田さんだった。二百人以上がひしめくフロアにざわめきが伝播する。

一体何が起きたのか、全然意味が分からなかった。山田さんが僕を見ていた。広いフロアで僕と山田さんだけが立っていた。山田さんの顔は真剣だった。そして、とても怒っていた。

「杉崎さんのハラスメント相談室長就任に、異議を唱えます！」

山田さんは真っすぐに僕を見ていた。

「なぜなら……私はずっと、杉崎さんからハラスメントを受けていました！　ずっと無視され、避けられてきました！　そんな杉崎さんが、ハラスメント相談室長にふさわしいとは思えません！」

頭ん中が真っ白になった。僕の頭脳は完全に、現実から逃避した。山田さんから逃げ出した視線が机上のパソコンの画面で止まる。その画面の中で鏑矢が僕を見ていた。

鏑矢が言ったあの言葉が、頭の中にぐるぐる渦巻く。

あの話、やっぱり受けてみるべきなんじゃないかな。そうすればきっと、キミは山田さんを救えるんじゃないのかな。

何もないところで転倒したり、不注意で何かに頭をぶつけたり、食べ物をよくこぼしたり。これらは全部、うつ病の人によく見られる初期症状だよ。

何で言わなかった！　キミのスキサケを、無視や仲間外しといったパワハラと受け止めて、山田さんがとても悩んでるみたいだよ。決してそうじゃないのだと、キミはハッキリ山田さんに言うべきじゃないのかな。

……って、
何であのとき言わなかったあぁぁーーーーッ！！

鏑矢あぁぁーーーーッ！！

頭の中ででっかい火山が爆発した。その爆発の中心で、だけどアイツがいつもの顔でこう答える。話すわけにはいかないよ、守秘義務があるからね。

「毎日がとても辛くて、私が何かしたのだろうかと、ずっと思い悩んできました。それでも、ここでの仕事にはやりがいを感じていたので、何とか耐えて続けてきました。教えてください、杉崎さん。私はなぜ、あれほどまでに避けられなくてはならなかったんでしょうか。私は一体、何をしたと言うのでしょうか」

「ち、違います」

否定しようとしてぐらり、立ってる地面が大きく揺れた。激しい眩暈や立ちくらみまで。スキサケの諸症状がいっぺんに、この僕に襲いかかる。

くらくらと目が回る。もう立っていられずに、僕は机上のパソコンに摑まった。その画面の中で鏑矢が、頑張れと拳を握りしめている。

分かってる。分かってるよ、鏑矢。

山田さんを、苦しみの中から、救い出せるのは──僕だけだって言うんだろ？

分かってるよ、けど、だけど──

「教えてください。私はなぜあんなにも、避けられ続けなければならなかったんでしょうか」

そう言った山田さんの問いかけは、最後は涙声だった。その声にハッと打たれて、山田さんの顔を見た。山田さんは泣いていた。ぽろぽろと涙をこぼしていた。その涙を見た瞬間、頭の中で何かが爆《は》ぜて、でっかい声で叫んでいた。

「スキサケでぇぇぇす！！！」

フロア中に僕の絶叫がこだました。途端にフロアの人々も、パソコンの画面の中にいる人たちも、フリーズしたかのように一斉に静止した。

と、思った次の瞬間、全員が猛烈な勢いでスマホやパソコンを操作し始めた。検索ワードは見なくても分かる。スキサケだ。

その中で一人だけ、立ったまま僕を見ている人がいた。そのたった一人に向けて、僕はみんなの端末に、今まさに表示されているだろう内容を声にした。

「スキサケです。好きという気持ちが高まりすぎて、僕のこのポンコツな脳がエラーを起こし、山田さんを強大な敵だと勘違いして、山田さんと話すことも、山田さんに近づくことも、体が勝手に避けてしまうようになっていました」

山田さんの目が、二度、ぱちくりと瞬《またた》いた。当然だ。一体、何を言っているんだ僕は。スキサケだなんて、こんな場所で可笑《おか》しなことを言い出して、自分でもイカレてるとしか思えない。

と、頭を抱えた瞬間に、たった今、自分がしでかしてしまった重大なハラスメントに気がついた。

「うわぁッ！　す、すみません！　つい勢いで、告白なんて恐ろしいセクハラ行為まで！」

愛の告白はセクハラになり得る。勉強会でそう学んだはずなのに……。自分のバカさ加減が心底情けなかった。もういっそ、今すぐここから逃げ出したいのをぐっと堪えて、言うべき言葉を振り絞る。

「本当に、本当に、申し訳ありませんでした！　山田さんの言う通り、こんな僕にハラスメント相談室の室長になる資格なんて……なので、この場を借りて辞退させていただきます。新室長は後日またあらためて……」

言ってる途中で遮って、与田が新たな決を採る。

「今の杉崎さんの告白は、セクハラには該当しない。そう思う方は、どうか挙手願います！」

目の前で、たくさんの手が次々に挙がっていった。

みんなが僕を見ていた。優しい目をしていた。

そして最後に、山田さんの手が挙がった。

僕に向けられていた視線が、一斉に山田さんへとシフトする。

「こ、これはただ、さっきの発言はセクハラには該当しないと思うという、それだけの意味ですからッ。告白を受け入れるとか、そういう意味ではありませんからッ！」

真っ赤な顔でそう言って、すとんと椅子に腰を落とす山田さんが見えた。僕は、腰を抜かすみたいに着席した。どこか遠くで拍手の音が聞こえていたような、そんな気がする。が、記憶は定かではない。

そんなトピックスその四には実は、ちょっとした続きがある。山田さんのハラスメント相談員への立候補だ。なんと、正社員登用を辞退したのは、派遣社員代表としてハラスメント問題に取り組みたいとの思いからだったらしい。

というわけで、年明けから山田さんがハラスメント相談室のメンバーに加わることになった。どうなることやら、前途多難だ。

あ、トピックスというほどのことでもないが、与田のその後は……いや、可哀そうだからやめておこう。

と、そんなこんなで僕の会社員生活はその後、ますます監視カメラ地獄と化している。何せ、僕はすっかり社内の有名人で、出勤と同時に全社員の視線という名の監視カメラが次々と向けられるのだ。

「おや、スキサケ……もとい杉崎くん。どうかな、その後の症状は」

「萬田部長。その発言は、パワハラの六類型のうちの個の侵害、私的なことへの過度な立ち入り、ハラスメントに該当します」

なんてやり取りを、何回繰り返したことか。

そんな視線の集中砲火を浴びながら、エレベーターに乗り込んだ。もう間もなく本番だ。地下三階でハコを降り、あのドアをノックする。

中で待っていた鏑矢は、白衣ではなく今日は燕尾服だった。二人並んでホールへ向かう。

その途中で鏑矢が、「ところであれは読んでくれた？」と僕に訊く。年末のバタバタでそれどころじゃなかったなんて言ったけど、本当はもう読んでいた。大掃除をしていたら見つけたという、二十年も前に書かれた作文だ。

急な転校で提出しそびれてしまったその作文には、こんなことが書かれていた。

友達

六年二組　鏑矢元

ボクには友達がいない。転校ばかりしてきたせいだ。いや、それ以外にも原因があることは、今まで行ってきた人間観察によって、ある程度は推測できている。

ボクには友達の作り方がよく分からない。そもそも、友達の必要性が分からない。友達は必要なのか。これはおそらく、僕にとっての一生の研究テーマなのではないかと思う。

それでも最近、この子と友達になれたらいいなと考えている自分に気づき、大いに驚き、戸惑っている。その子は杉崎くんという。何度も声をかけてくるその子の誘いに、次こそはうんと言ってみようかとも思う。が、ボクにはそれが難しい。リーマン予想より、ホッジ予想より、ポアンカレ予想より、ABC予想より、ボクにとっては遥かに難しい問題。それは、たった一人の、友達の作り方だ。

なんて可愛げのない作文だ。思い出し笑いを堪えつつ、大ホールの扉を開ける。と、もうみんなが待っていた。ステージ奥のドラム椅子《スローン》に腰を落とす。今日は、記念すべき第一回『株式会社ピークス全社員の第九』本番だ。

なんと鏑矢はゲームだけでは飽き足らず、社内の人間関係を円滑にするために必要なセレモニーだと上層部をそそのかし、全社員参加による『第九』コンサートを開催することに成功した。何かしらの楽器ができる人を社内ポータルで募集した急ごしらえの楽団は、バイオリンやフルート、トランペットやトロンボーン、ピアノといったオーケストラのコンサートでよく見る楽器だけでなく、ギターにベースにドラムにキーボード、さらには三味線やリコーダー、タンバリンまで加わった、なんとも奇天烈な編成だ。

鏑矢の指揮棒《タクト》が上がる。もと吹奏楽部《すいぶ》と判明した山田さんがトランペットを吹き鳴らす不協和音のファンファーレが僕の心をかき乱し、ベートーヴェンの交響曲第9番第4楽章『歓喜の歌』の大合唱が始まった。

心の友を得られし者よ

優しき伴侶を得られし者よ
歓びの歌を共に歌おう
人の歓びを共に歌おう
できぬ者は集いから立ち去るがいい
集えよ　歌えよ　歓びの歌

心の友を得られし者よ
優しき伴侶を得られし者よ
歓びの歌を共に歌おう
人の歓びを共に歌おう
孤独でも声合わせ　歌えばひとつ
集えよ　歌えよ　歓びの歌

やれやれ思っていた通り。鏑矢の指揮も、僕らの演奏も、みんなの歌も、見事なまでに噛み合わなくて、全てがなんだか調子っぱずれだ。

それでも——音を、声を合わせた、僕らの音楽は、悪くないなと僕は思った。

だからほら、何度でも、声を合わせて、さあ！

歓びの歌を共に歌おう。

【参考文献】

『パワハラ・いじめ　職場内解決の実践的手法』金子雅臣　日本法令
『本当に怖いセクハラ・パワハラ問題』神坪浩喜　労働調査会
『ハラスメントを行動科学で考えてみました。』網あづさ・藤原徳子【著】波戸岡光太【協力】　生産性出版
『パワハラ問題―アウトの基準から対策まで』井口博　新潮新書
『職場のハラスメント―なぜ起こり、どう対処すべきか』大和田敢太　中公新書
『クラシック音楽意外史―知っている嘘、知らない真実』石井宏　東京書籍

「歓喜の歌」歌詞は三ヶ尻正氏、渡邊護氏、喜多尾道冬氏の訳を参考にしました。

本書は書き下ろしです。

問乃みさき（といの・みさき）
広告コピーから雑誌新聞記事、映画脚本など多彩なジャンルの書く仕事、フラワーアレンジ講師などを経て、2018年に初めて挑んだ小説『次回作にご期待下さい』で第3回角川文庫キャラクター小説大賞大賞を受賞しデビュー。他著書に『次回作にご期待下さい2』『27時の怪談師』。

スキサケ！

2023年7月20日　初版印刷
2023年7月30日　初版発行

著　者　問乃みさき
装　丁　山家由希
装　画　ツルリンゴスター
発行者　小野寺優
発行所　株式会社河出書房新社
〒151-0051
東京都渋谷区千駄ヶ谷2-32-2
電話　03-3404-1201（営業）
03-3404-8611（編集）
https://www.kawade.co.jp/
組　版　KAWADE DTP WORKS
印　刷　株式会社暁印刷
製　本　大口製本印刷株式会社

Printed in Japan
ISBN978-4-309-03115-6